Missing Time
(Progetto Abduction file 1)

Titolo: Missing Time (Progetto Abduction file 1)
Autore: Riccardo Pietrani
Copertina: Mala Spina

© Tutti i diritti riservati all'Autore
Nessuna parte di questo libro può essere riprodotta senza il preventivo assenso dell'Autore.

Alle scommesse vinte, ai limiti oltrepassati.

4

«Io non direi mai: sì, ci sono alieni che sequestrano la gente. Io direi che qui c'è un interessante e potente fenomeno, che non posso spiegare in altro modo, che è misterioso. Sì, io non posso sapere di cosa si tratta esattamente, ma mi sembra che meriti un'inchiesta ulteriore più approfondita.»

John Edward Mack, professore ad Harvard e premio Pulitzer

«Esistono due possibilità: o siamo soli nell'universo o non lo siamo. Entrambe sono ugualmente terrificanti.»

Arthur C. Clarke

6

Nota dell'autore

Il fenomeno conosciuto come Missing Time, o Lacerazione Temporale, si riferisce a un vuoto all'interno della memoria di un individuo della durata di ore o svariati giorni. Per quella persona il tempo investito dalla Lacerazione Temporale semplicemente non esiste: non c'è soluzione di continuità fra l'ultimo istante prima dell'esperienza e la ripresa di coscienza. Lo stupore per il tempo trascorso è, infatti, uno degli elementi comuni a tutti coloro che l'hanno sperimentato.

Mentre l'esistenza del fenomeno in sé è ormai scientificamente accertata, sulla sua natura specifica il dibattito è ancora aperto. In ambito psichiatrico esso viene a volte associato a vari disturbi di natura mentale, fobie o psicosi, oppure a una rimozione inconscia di un evento traumatico tale da alterare il corretto funzionamento dell'io cosciente: una sorta di meccanismo di difesa della psiche.

In ambito ufologico, invece, esso viene indicato di solito come la fase iniziale di un processo di *abduction* ad opera di entità di origine extraterrestre, ed episodi successivi in cui i soggetti subiscono ulteriori rapimenti o compiono particolari azioni indotte in maniera inconscia. L'indagine sugli accadimenti occorsi durante il Missing Time viene condotta attraverso la programmazione neurolinguistica, l'analisi grafologica e soprattutto l'ipnosi regressiva, tecnica che dovrebbe essere in grado di riportare alla luce i ricordi sopiti, in maniera forzosa o meno, dalla mente del soggetto.

I detrattori della "questione abduction" sottolineano come stati di coscienza alterati, dovuti ad esempio all'abuso di droghe, possono riprodurre con estremo realismo situazioni come quelle di un ipotetico rapimento alieno, che rimarrebbero poi sedimentate nella memoria sotto forma di esperienze realmente accadute. Allo stesso modo, la teoria del dottor Persinger denominata *Tectonic Strain Theory* ipotizza che la liberazione simultanea di onde VLF-ELF ultrabasse, inferiori a 1hz, e di onde UHF ovvero microonde, assieme all'emissione di particelle cariche, potrebbe innescare un vortice di plasma in grado di intaccare la corteccia cerebrale dei soggetti più sensibili. L'interferenza con le attività bioelettriche del cervello causerebbe allucinazioni ed esperienze distorte del reale. Questi episodi sarebbero poi portati alla luce attraverso l'ipnosi regressiva, durante la quale è impossibile mentire: il soggetto in effetti non mentirebbe, ma riporterebbe un'esperienza accaduta solo nel suo subconscio, per quanto realistica possa sembrare.

Al di là delle differenti interpretazioni, c'è un singolare dettaglio descritto da tutti coloro i quali ritengono di aver subito un'abduction, da qualunque bacino culturale provengano e senza che abbiano mai comunicato tra loro: la particolare sensazione di passare, o meglio venire attirati, attraverso pareti solide, come se per un istante si perdesse la propria consistenza fisica. Questa esperienza esula dalle possibili raffigurazioni, per quanto irrealistiche e spaventose, di entità aliene; è qualcosa che scavalca i confini delle leggi fisiche su cui si basa la nostra esistenza. All'esperienza in sé si accompagna la paura, un riflesso della mente smarrita nel momento in cui perde i punti di riferimento della realtà. Una paura particolare, incommensurabile... la vera paura dell'ignoto.

Anch'io l'ho sperimentata.

1
La telefonata

1-1

L'odore inconfondibile di caffè bruciato... per l'ennesima volta, avevo dimenticato di mettere l'acqua nella moka. Se avessi ricevuto un euro per ogni volta in cui il mio pregiato caffè biologico, miscela proveniente dalla Colombia e dal Venezuela, si trasformava in quella colata di catrame liquefatto ai bordi della caffettiera, me ne sarei potuta comprare una coltivazione grande quanto la foresta amazzonica.

Mi precipitai in cucina e afferrai l'impugnatura di gomma ormai rovente, gettandola nel lavandino tra le bestemmie. Rimasi imbambolato alcuni secondi a guardare il metallo sfrigolare sotto l'acqua fredda mentre produceva quelle simpatiche nuvolette di vapore. Avevo due opzioni: potevo rifarlo, quindi riprendere il caffè, riempire di nuovo la moka d'acqua, rimetterla sul fuoco, aspettare... oppure rinunciare e tornare alle mie faccende.

Scelsi la prima.

Dopo una decina di minuti, la mia tazzina fumante era appoggiata sulla scrivania, accanto al computer e a un mare di cartacce, fazzoletti usati e chiavette USB. Camera mia, così come il resto della casa, possedeva un livello di ordine nella media degli uomini single sui trent'anni... dopo il passaggio degli zingari. Gli oggetti erano in grado di spargersi, sparire, ammassarsi in totale autonomia e in scala crescente.

Come mia abitudine, degustavo l'arabica bevanda un sorso al minuto, fin quando da bollente non diventava appena tiepida. Nel frattempo smanettavo tra file di Word e video su Youtube, negli intervalli di tempo in cui il mio amato PC non decideva di impallarsi. Ero sempre deciso a comprare un computer nuovo l'indomani, ma la paura di perdere i file alla fine trionfava e il catorcio vecchio di cinque anni restava a farmi compagnia. E dire che scrivevo per un giornale online, *Wicked*, che faceva dell'innovazione tecnologica una delle sue cifre identificative.

Tralasciando l'ironia della situazione, aprii la posta elettronica per ripescare quella mail di tre settimane prima, la scintilla scatenante. La riguardavo tutti i giorni, quasi volessi accertarmi, ogni volta, della sua veridicità.

Buongiorno signor Bonfanti, sono il professor Augusto Palanca. Ho appreso il suo indirizzo email dal sito del suo giornale. Pensi che, dopo ormai due anni, ricordo quasi a memoria il suo articolo. Ne hanno fatti una marea sul mio conto, ma la sua penna e la sua ironia sferzante mi sono rimaste impresse. Per questo mi piacerebbe incontrarla al più presto: vorrei discutere di una questione che, ritengo, potrà fornire grande giovamento alla sua carriera. Non la sto prendendo in giro, signor Bonfanti. Del resto, le minacce di querela che rivolsi al suo giornale erano ordinaria amministrazione, un copione da ripetere in tutti i casi simili, e sono rimaste semplici invettive. Mi dica quando è libero, sarò ben lieto di invitarla nella mia dimora per una chiacchierata amichevole. Conto in una sua risposta positiva e le porgo cordiali saluti.

Quando la lessi per la prima volta pensai a uno scherzo. Le circostanze in cui la mia vita si era incrociata con quella del professore, infatti, non erano state delle migliori. Due anni prima, in occasione di un suo convegno allo stadio Brianteo di Monza, fui incaricato dal giornale di scrivere un articolo sul *fenomeno Palanca* che stava ormai imperversando da anni negli ambienti ufologici e in tutto quel sottobosco di creduloni barra pseudo addotti barra complottisti.

La storia di Augusto Palanca non aveva nulla di particolare. Laureatosi in psicologia all'età di ventisette anni, aveva passato i primi anni della sua carriera come assistente e poi come insegnante senza cattedra all'università degli Studi di Milano, esercitando in parallelo la professione nel suo studio privato. Uno strizzacervelli qualunque, nessun estro particolare, nessuna teoria rivoluzionaria; piuttosto, un certo disinteresse per l'insegnamento, a giudicare dalle sue numerose assenze e dalle sessioni di esame rinviate, tanto che dopo tre anni l'Università non gli rinnovò l'incarico. In seguito si era dedicato a tempo pieno alla professione di psicologo, ma gli affari non andavano molto bene... fin quando, di punto in bianco, si era reinventato "Esperto di abduction". Abduction, esatto, i rapimenti alieni, gli incontri del quarto tipo. Quella roba lì. Millantava di essere stato rapito una notte e da quel momento in poi si era convinto che la sua missione fosse quella di orientare le coscienze.

Era diventato un *contattista*.

Anche lì niente di nuovo, non era certo il primo a occuparsi di quella tematica. Però nel giro di pochi anni era riuscito a diventare una vera e propria celebrità nell'ambiente, assicurandosi la pubblicazione di diversi libri e una serie infinita di convegni in diverse città d'Italia. La sua pagina Twitter aveva più follower della Canalis, su Facebook si sprecavano i gruppi a suo nome come *Centro Studi Palanchiani* oppure *La casistica di Palanca*. Come era stato possibile tutto ciò?

Avevo il compito di indagare il fenomeno, capire la causa di questa esplosione incontrollata di popolarità, con un occhio di riguardo ai fattori che accomunavano analoghi personaggi negli ambiti più disparati: la coercizione come mezzo e i soldi come fine.

Dopo parecchie ricerche giunsi a una conclusione. Al di là delle castronerie che propinava sull'ipnosi regressiva, non offriva nulla di nuovo rispetto ad altri suoi colleghi che pure non avevano la stessa risonanza... lui, però, sapeva vendersi molto meglio. I suoi convegni erano un grande spettacolo mediatico, a metà tra i sermoni di un predicatore infervorato e uno stage motivazionale per venditori. Diceva alla gente quello che voleva sentirsi dire, né più né meno, condendo il tutto con richiami alla sua esperienza personale che sembrava assorbire tutte quelle dei suoi seguaci. Aiutava a riconoscere e accettare il rapimento alieno, sparando vaneggiamenti a raffica sulla futura riconciliazione con i nostri creatori venuti dallo spazio profondo. A tutto ciò si aggiungeva l'uso smodato dei social network, sempre in prima persona, e una scaltrezza degna di nota che gli aveva permesso di riconoscere e smascherare, un anno prima, un giornalista di Repubblica, fintosi addotto per partecipare a una sua seduta.

A suo dire di soldi non ne otteneva moltissimi: sia le sedute di gruppo, che si tenevano una volta alla settimana con cinque o sei persone assieme, sia quelle private in cui riceveva a casa sua ogni giorno, erano totalmente gratuite. In verità, i suoi *pazienti* si cucivano la bocca di fronte a domande sull'argomento; ma anche dando per buone le dichiarazioni di Palanca, in un anno riusciva a tirare su intorno ai trentamila euro netti tra diritti d'autore e convegni. Niente male per uno che, a detta del proprietario dello studio di Milano presso cui lavorava, faceva spesso fatica a pagare l'affitto nella data stabilita.

Il giudizio finale del mio articolo era lapidario: un fanfarone sensazionalista e menzognero, che sfruttava un cocktail di presenza scenica e aria accomodante per ammaliare gente di ogni età, anche e soprattutto con evidenti disturbi psichici. Nulla di troppo grave, d'altro canto. Non era certo una Vanna Marchi dell'ufologia, piuttosto un fenomeno mediatico 2.0 costruito con furbizia a tavolino. Senza contare che la credulità dei cosiddetti "complottari" e affini aveva una parte attiva nel successo di Palanca: lui parlava di insabbiamenti, di governi al corrente di tutto, di depistaggi e la marea di beoti sui social network fungeva da cassa di risonanza per queste storielle.

Nonostante i click del sito di Wicked non raggiungessero mai cifre stratosferiche, quell'articolo risultò avere moltissima diffusione sulla rete, tanto che il Palanca spese numerosi tweet e post su Facebook minacciando di querela me e il giornale. Io e i colleghi ne fummo orgogliosi, ciò significava aver colto nel segno. Eppure l'eco della denuncia giornalistica si spense ben presto, sortendo l'effetto inverso di dare ulteriore linfa vitale all'attività del sedicente ufologo.

Ci eravamo accordati per incontrarci il giorno dopo a casa sua alle 15:00. Ero smanioso di sapere cosa avesse da dirmi.

Diressi la mia Panda a Vimercate e lasciai l'auto nello spiazzo antistante alla sua villetta. Una piccola costruzione di bassa fattura ma dai fregi altisonanti, come il Cerbero sul cancello o i colonnati all'ingresso, quasi a rivendicare un'aria di nobiltà. L'abitazione tipo dell'evasore fiscale brianzolo.

«Buongiorno, signor Bonfanti!»

Il professore stava lì sulla soglia con un sorriso smagliante stampato in faccia. Era proprio come me lo ricordavo: barba nerissima e ben curata, occhiali dalla montatura spessa, fisico asciutto sotto il maglione a quadri e un'aria sicura di sé. Forse aveva qualche capello in meno rispetto a due anni prima, ma lo camuffava bene.

«Professor Palanca, buongiorno a lei» dissi, stringendogli la mano con forza.

Mi fece accomodare sulla poltrona in soggiorno, mentre lui si stravaccò sull'ampio divano. All'interno la casa era molto meno maestosa e l'arredo non brillava per gusto. L'idea che ne ricavai, anche osservando l'abbigliamento, era che non sapesse abbinare per nulla i colori. Sembrava quasi che avesse scelto le tonalità sotto l'effetto di una dose di LSD: arancioni, verdi sgargianti, rosa, fucsia. Forse era una cosa voluta, un tocco di stravaganza per completare la sua persona. Sì, doveva essere per forza così in un personaggio che giocava tantissimo con la sua immagine.

«Un annetto fa» iniziai per rompere il ghiaccio «ho letto un libro in cui lei viene citato... il titolo mi sembra fosse "Tempo Mancante" o qualcosa del genere... ha presente?»

Lui inarcò le sopracciglia. «No, al momento non mi sovviene. Del resto sono diventato abbastanza famoso, non trova? Chissà in quanti mi avranno nominato nelle loro opere. Ma basta con queste formalità, diamoci del tu! Sei d'accordo?»

La domanda non mi colse alla sprovvista. «Certo.»

«Perfetto, Federico» iniziò col suo solito tono accomodante «non preoccuparti, non spunteranno avvocati da sotto il tappeto. Non mi converrebbe proprio, visto quello che sto per rivelarti.»

Il mio intuito da giornalista, pessimo in realtà, ebbe un sussulto e mi suggerì di drizzare le orecchie.

«Rivelazioni... interessante.»

«Non capisco se sia una risposta sarcastica» ribatté tirando fuori un pacchetto di sigarette e cercando di offrirmene una. Al mio diniego sembrò quasi risentito, tanto che accese la sua senza nemmeno chiedere se mi dava fastidio.

«Assolutamente no... Augusto. Dimmi pure.»

Lui espirò il fumo e guardò un istante il soffitto. «Cosa diresti se ti confessassi che sono tutte cazzate?»

«Cazzate? Cosa, in che senso?»

«Il mio lavoro. La psicologia dell'abduction. I miei seminari, le mie conferenze, le sedute. Tutto quanto.»

Rimasi per un attimo basito. «Direi che in questi anni hai preso per il culo così tanta gente da meritarti i miei complimenti.»

In risposta ebbi un risolino sommesso, di quelli che esprimono soddisfazione. Ecco, in quell'istante realizzai che non stava affatto scherzando.

«Quindi... quindi stai ammettendo di esserti inventato tutto? Lo stai ammettendo ufficialmente?»

Lui annuì, continuando a suggere dal filtro.

«Hai un tumore?»

La battuta a freddo lo fece tossire tre volte. «Ma vai a fan... a quel paese!» mi urlò, soffocando l'imprecazione e facendo il gesto scaramantico di toccarsi i genitali «Ho quarantacinque anni, la vita me la voglio godere ancora per un bel po'!»

«E allora perché mi hai convocato qui? Non sono un prete, sono un giornalista. Lo sai che confessare i tuoi peccati a me non ti procurerà l'assoluzione ma un ottimo

posizionamento sui motori di ricerca alla voce *truffatore*. Non credo che sia un buon investimento per il tuo futuro.»
Gongolai un istante tra me e me per questa battuta. Magari l'avrei riciclata in qualche articolo.
«Come ben sai, visto che ne avevi fatto menzione, io dichiaro circa trentamila euro annui, massimo quaranta, a volte venti. Quella BMW serie 3 là fuori è il massimo che mi possa permettere.»
Lo guardai di sbieco. «Io ho una Panda. Usata, per di più, e finirò di pagarla tra due anni.»
«Io volevo una Ferrari, una Bentley!» mi urlò in faccia «Volevo soldi, un mare di soldi, villa con piscina e parco con le tigri, uno yacht... quelle cose lì, insomma.»
Scossi la testa. «E quindi tutto questo ambaradan si riduce a un tentativo di comprarti una Ferrari?»
Lui tornò a guardare il soffitto, sprofondando nel divano. «Se uno non ci prova, di sicuro non riesce. Per fortuna sono ancora in tempo. In fondo ho solo quarantacinque anni. E circa sei milioni di euro in società offshore alle Cayman e alle Bermuda.»
Non so perché, ma mi venne istintivo alzarmi in piedi. Lo fissai, senza dire nulla.
«Immagino che adesso urlerai *lo sapevo! Lo sospettavo!*» disse, ridendomi quasi in faccia «e di certo, se avessi ostentato quei soldi, i sospetti avrebbero lasciato spazio alle certezze. Magari qualcuno al mio posto si sarebbe fatto prendere la mano, avrebbe commesso qualche imprudenza e ricevuto una visita della finanza ben presto... ma io non sono uno sprovveduto. Proprio per niente. Ho messo a verbale ogni spesa, ogni scontrino, pagato puntualmente ogni singola tassa e tutte le bollette.»
«E allora i milioni da dove spuntano?»
Mi guardò con la saccenza di Gordon Gekko nei confronti del broker interpretato da Charlie Sheen in *Wall*

Street. «Offerta spontanea all'interno delle sedute. Contributo per pagarmi la protezione, viste le minacce di morte ricevute.»
Mi ricordai dei due bodyguard che lo accompagnavano in ogni manifestazione. «Una balla anche quella delle minacce, scommetto.»
Lui fece spallucce. «Che ci vuoi fare? Serviva a rendere tutto più credibile. Avrò sempre avuto poca voglia di lavorare, ma fidati se ti dico che i meccanismi della mente umana li conosco molto bene. Tutto ciò che avveniva all'interno delle sedute era sotto segreto... e dei soldi facevo menzione solo ed esclusivamente durante la seduta. È bastato questo banalissimo gap temporale a sigillare la faccenda. I soldi, beninteso, me li davano tutti di spontanea volontà.»
Non sapevo che dire. In fondo era una tecnica di una semplicità disarmante, non c'era nulla di epico o di enigmatico.
«E quanto ti davano?»
«Ognuno secondo le proprie disponibilità. C'era chi mi dava cinquanta euro e chi me ne dava cinquecento o più. Conta che facevo sei o sette sedute al giorno per cinque giorni, più la seduta collettiva del sabato... ormai sono tredici anni di questa attività, fai una media e vedrai che i conti tornano.»
Che stupido ero stato a non indagare più a fondo, a non essere più insistente. Magari tra i suoi adepti avrei potuto trovare qualcuno di più debole e fargli pressioni per farmi raccontare qualcosa. «Hai corso un bel rischio. Se qualcuno avesse parlato?»
«Ci hanno provato in tanti a smascherarmi, nessuno c'è riuscito. Nemmeno tu.»
«Quindi? Perché dirmi tutto questo?» lo incalzai
«Perché rovinare quest'idillio che ti riempie di milioni?»

Mi guardò come se gli avessi fatto la più ovvia delle domande e dovessi sentirmi in difetto per averlo scomodato a rispondermi. «Ho quarantacinque anni. Ti ho detto che la vita me la voglio godere, giusto? Quindi sai che faccio? Prendo tutto e me ne vado. Chiaro no?»
«Te ne vai? E dove?»
«Non lo so ancora. Che mi consigli? Venezuela? Seychelles? Thailandia?»
«Quando uscirà l'articolo avrai delle grane, presumo...»
«E che me ne frega?» rispose ridacchiando «Starò felice e beato in un paese senza estradizione, a fare una vita da nababbo. Chissà, magari laggiù le Ferrari costano anche meno.»
«Ho capito, ho capito... ma a questo punto, perché mai rendere pubblica la vicenda? Non puoi semplicemente prendere e andartene?»
«Eh, perché... perché un'impresa del genere merita di restare negli annali come uno dei più grandi raggiri della storia e bisogna assolutamente spiegarla in ogni dettaglio!»

Andammo avanti a parlare fino a mezzanotte inoltrata. Era una persona piacevole, dopotutto. Entrammo anche nei particolari tecnici delle abduction, sulle quali io ero sempre stato scettico: non che non credessi negli alieni in senso lato, ma gli UFO mi sembravano un po' il contraltare laico delle apparizioni della Madonna. Un *fake* dietro l'altro postato in ogni social network, sensazionalismi, commenti entusiasti e un mare sconfinato di ignoranza. Lui diede forza alle mie convinzioni. Mi confidò che i "traumi da abduction" erano, in molti casi, delle normalissime turbe psichiche latenti, spesso così lievi da non essere mai state diagnosticate o delle semplici forme di autoconvincimento in persone facilmente impressionabili da film, video o articoli. Nelle sue ipnosi regressive poteva tirare fuori tutto e il contrario di tutto: la persona era influenzabile a piacimento e dalla registrazione che Palanca faceva ascoltare ai pazienti alla fine di ogni seduta estrapolava quello che voleva. Poi c'era la parte della predica buonista collegata alla sua, ovviamente inventata, esperienza di abduction: le intenzioni pacifiche dei visitatori alieni, l'essere dei prescelti e tante cavolate del genere che tranquillizzavano i suoi pazienti, al punto da far loro passare la *paura dell'alieno* allo stesso modo di quella dell'aereo. Un marchingegno studiato e collaudato a lungo.

Quando tornai a casa, avevo già materiale sufficiente per un articolo poderoso, ma Augusto voleva fare le cose in grande. Ci accordammo per un vero e proprio reportage: nel corso di un mese il professore avrebbe registrato alcune sessioni di ipnosi e sedute collettive all'insaputa dei pazienti e me le avrebbe inviate in modo che potessi trarne spunto per confezionare il servizio del secolo. Una cosa del genere, secondo lui, avrei potuto venderla a caro prezzo a giornali molto più importanti. Sarebbe stato il suo regalo d'addio nei miei confronti.

Che pensiero carino.

1.2

Ero a circa metà della tazzina di caffè quando mi venne voglia di correggerlo con il Varnelli, un liquore secco all'anice portatomi da un amico marchigiano. Alzai le chiappe con fatica e mi trascinai fino in cucina, presi la bottiglia e ne versai un goccio nella tazzina. Lo bevvi d'un fiato, poi tornato alla mia postazione aprii l'ultimo file mandatomi da Augusto. Un video di una seduta di gruppo... meraviglioso. Lo scopo ufficiale di questi appuntamenti, una fase successiva alla terapia individuale, era lo scambio di esperienze e sensazioni tra addotti, in modo da accettare più facilmente la loro posizione di *prescelti* dalle varie razze aliene contemplate nell'universo immaginifico di Palanca.

La videocamera era nascosta nell'incavo di un mobiletto in fondo alla sala. Riprendeva le cinque persone disposte in cerchio, con lui che guardava direttamente verso l'obiettivo.

Il video iniziava nel più classico dei modi, con le presentazioni. A uno a uno gli stralunati si alzavano e pronunciavano nome, età, provenienza e qualche banalità di circostanza. C'era Maria De Santis, una casalinga di quasi cinquant'anni, i fianchi larghi come un dirigibile e la faccia da squinternata; Giorgio Vitolano, un ragazzo sulla trentina grassoccio e con l'aria da fessacchiotto; Gianluca Bonelli, uno degli uomini più brutti che avessi mai visto, viso deforme, naso sconfinato, un occhio socchiuso e un tic che gli faceva storcere la bocca da un lato alla Sylvester Stallone; Diana Viraldi, una sventolona fuori contesto con dei lunghi capelli riccioluti e un petto prorompente... il nome l'avevo già sentito nei resoconti di Palanca sui rapporti sessuali con le addotte, ottenuti approfittando della sua posizione e descritti nel minimo dettaglio; infine Paolo Senese, un ragazzo magrolino e anonimo.

La cosa bella dei video del "professore", specie quelli delle sedute di gruppo, era la loro immensa carica di comicità involontaria. Già la semplice carrellata di casi umani mi regalava ogni volta grasse risate, quando poi aprivano bocca e battibeccavano l'uno con l'altro era il finimondo. *Uomini e Donne* in confronto sembrava una sessione del MENSA. Lui restava seduto con un blocco degli appunti in mano e un'aria professionale, mentre scrutava attentamente uno per uno i suoi polli e fingeva di annotare qualcosa. Di tanto in tanto gettava delle occhiate rapide verso il mobiletto e mi indirizzava un sorrisino di scherno, soprattutto quando parlava Diana che, con la sua veemenza espressiva, faceva sobbalzare di continuo il suo davanzale.

"Che figlio di puttana" pensai scuotendo la testa *"si fa i soldi, scopa e li prende per il culo dall'inizio alla fine. È un fottuto genio"*.

In quel preciso momento squillò il cellulare. Impiegai una ventina di secondi a ravanare tra giubbotti e pantaloni sparsi in camera mia, fin quando non lo trovai nei jeans appoggiati sulla cyclette. Era il professor Palanca.

«Pronto, Augusto?»

«Vieni... v-vieni, ti prego...»

Spalancai gli occhi. La sua voce era rotta, tremante. Sembrava spaventato a morte. Non l'avevo mai sentito così, prima di allora.

«Venire dove? A casa tua? Ma che succede?»

«Te lo spiego quando arrivi, ciao, ciao...»

Troncò la conversazione in questo modo. Rimasi a osservare il cellulare per un po', non sapendo cosa pensare; magari stava prendendo per il culo anche me, in fondo era un esperto. Sì, probabilmente era uno scherzo.

Sbagliai a sottovalutare quel brivido che avevo avvertito al termine della telefonata.

1.3

Arrivai a Vimercate dopo circa mezz'ora. Trovai il cancello aperto ed entrai nel giardinetto senza suonare. Bussai. Anche la porta era aperta.
«Entra, entra!» risuonò una voce che sembrava provenire dall'oltretomba.
Lo trovai mentre fumava come una ciminiera camminando avanti e indietro, quasi volesse consumare il pavimento.
«Nervosetto?» chiesi con un sorriso. Mi ricambiò con uno sguardo di ghiaccio che spense ogni entusiasmo. Sembrava fosse successo qualcosa di serio.
«Mettiti seduto.»
Quell'ordine perentorio mi infastidì, anche se scelsi di assecondarlo. Lui si piazzò sul solito divano di fronte a me, ma invece di stravaccarsi se ne stava coi gomiti sulle cosce e una mano sulla tempia. In quel momento notai un piccolo registratore appoggiato sul tavolino, lo stesso che Palanca usava durante le sedute. Lui mi fissò, diede un tiro alla sigaretta, si massaggiò per un istante la tempia ed espirò il fumo scuotendo la testa. Ripeté la sequenza di gesti tre o quattro volte, poi di punto in bianco gettò la sigaretta sul pavimento, la schiacciò con rabbia e accese il registratore. Io trattenni una risatina e decisi di limitarmi ad ascoltare.

«Professor Augusto Palanca, prima seduta col paziente Giovanni Melli. Durante il colloquio preliminare, il paziente riferisce di un'esperienza vissuta da bambino,

all'incirca all'età di tre o quattro anni, che gli è rimasta impressa in maniera molto marcata. Racconta di un incontro con degli esseri particolari, di difficile descrizione, durante una notte. L'episodio è avvenuto nella sua abitazione. Il paziente tiene a precisare che si tratta di sensazioni e non ha alcuna certezza di essere stato vittima di abduction. Da una prima analisi i tratti descrittivi di questa esperienza sembrano essere effettivamente riconducibili a una casistica di rapimento, ma ora andremo a indagare più a fondo.»

Mentre la registrazione proseguiva con le formule iniziali di rito dell'ipnosi regressiva, già sentite svariate volte, Augusto si era acceso un'altra sigaretta. La mano con cui la reggeva tremava vistosamente.

«È venuto due ore fa. Mi ha raccontato di essere stato spinto da un suo amico che ho in cura» disse di punto in bianco con voce incerta «e in effetti era diverso dai classici pazzoidi che ricevo a casa.»

Non risposi limitandomi a osservarlo e proseguii nell'ascolto del nastro.

«Bene, Giovanni. Siamo a casa tua, nel tuo vecchio monolocale a Sesto San Giovanni. Sei appena andato a dormire. Il tuo lettino è nella stessa camera dei tuoi genitori?»
«Sì...»
«La tua mamma è a fianco a te?»
«Sì... voglio la mano della mamma... la mano... ma non me la vuole dare. L'ho fatta arrabbiare...»

Ogni volta che ascoltavo una registrazione, quella sarà stata almeno la quinta, rimanevo a bocca aperta per il tono vocale degli addotti che parlavano della loro infanzia:

acquisivano un modo di esprimersi tipico dei bambini, con frasi semplici, ripetizioni, incertezze. Perfino le voci diventavano più stridule. Non mi ero mai fidato, come del resto la comunità scientifica, della valenza dell'ipnosi regressiva; anzi ero convinto che sbagliando qualcosa si potessero provocare seri danni alla psiche di una persona. Sai le risate se uno si fosse svegliato continuando a parlare da bambino, frignando e chiamando la mamma a cinquant'anni?

«E dimmi, Giovanni. Cos'è successo dopo? Ti sei addormentato?»
«Dopo... dopo... dopo...»
«Forza, Giovanni, dimmelo. Cosa vedi?»
«Mamma... papà... li chiamo... urlo con tutte le mie forze, ma non mi sentono... non riesco a parlare!»
«Perché li stai chiamando? Cosa succede, Giovanni?»
«Perché...perché loro sono... sono in camera! Aiuto!»
«Stai calmo, Giovanni, e descrivimeli. Descrivimi cosa vedi.»
«Sono, non lo so... sono... strani... con la pelle scura... rugosa... ho paura... ho paura! Mamma!»

Per un istante, il sorriso scomparve dal mio volto. Avvertii un vento gelido entrarmi nelle ossa e una scossa così forte da farmi sobbalzare. Ma questa brutta sensazione passò talmente in fretta che non ci feci caso.

«Sei al sicuro, Giovanni! Non temere! Vai avanti, cosa succede?»
«Sono tanti... sono intorno al mio letto... non riesco a muovermi, non riesco a parlare! Poi c'è... c'è una cosa strana, arancione... sembra la macchina che pulisce le strade!»

A quel punto non riuscii a trattenere una risata. Scoppiò così, spontanea. Mi immaginai gli alieni a bordo del camion, vestiti da netturbini... insomma, era davvero comica.

Augusto mi fulminò con lo sguardo e mi intimò di tacere col dito davanti alla bocca. Feci un cenno con la mano per scusarmi e mi sforzai al massimo.

«*Ne sei sicuro, Giovanni?*»
«*Ho paura, ho paura! Mamma! Uno di loro mi sta fissando...*»
«*Sì? Perché ti sta fissando? Cosa percepisci?*»
«*Aiuto... aiuto, mi sento attrarre! C'è qualcosa che mi tira verso... bzzz... ffbbzz...*»

Le parole del tizio vennero interrotte da uno stridio, una specie di interferenza. Guardai Palanca cercando una risposta, ma il suo sguardo era rivolto al pavimento.

Passavano i secondi e il suono fastidioso continuava.

«Ma che succede? Si è rotto?»

Il professore non mi rispondeva. In quei momenti pensai che forse l'ipnosi regressiva l'aveva provata su se stesso e, nonostante la sua genialità nel truffare il prossimo, fosse lui il primo bollito.

Quella ridicola pantomima andò avanti un paio di minuti. Poi, quando stavo per alterarmi, la registrazione riprese con dei mugugni in sottofondo.

«*Pro... professore?*»

Era la voce del paziente. Doveva essersi risvegliato dall'ipnosi.

«*Professore, cosa sta facendo laggiù?*»
«*Eh... io... ecco... non sto molto bene, Giovanni... non sto... molto bene. Continuiamo un'altra volta, d'accordo?*»
«*Certo... ma cosa è succ...*»

La registrazione si interruppe. In contemporanea, il professore gettò l'ennesima sigaretta a terra, la spense e si alzò in piedi di scatto. «Ti rendi conto? Quella parte non si è registrata sul nastro!»

Io lo guardai come si guarda uno straniero che pretende di farsi capire parlando nella sua lingua d'origine. «Dunque volevi farmi partecipe di questo? Ti direi di cambiare marca di registratori, ma tanto la tua professione ormai ha i giorni contati.»

«Non fare l'imbecille!» gridò come un indemoniato, accendendosi un altro bastoncino di cancro «Non c'è niente da ridere! Tu non hai idea... ero schiacciato contro il muro, me la stavo facendo addosso!»

«Ascolta, se questo è uno scherzo, va bene. Applauso, clap clap, c'hai provato. Potevi inventarti qualcosa di meglio, ma va bene così.»

«Non è uno scherzo! Non è un dannato scherzooo!»

Tirò un calcio contro il tavolino di vetro su cui era appoggiato il registratore, mandandolo in frantumi. Mi alzai in piedi d'istinto per scansarmi.

«Ascoltami, Cristo» mi implorò, evitando per un soffio di essere mandato a fanculo sul serio «dopo quella frase, io l'ho incitato ad andare avanti, ma lui si è zittito. Continuavo a dirgli Giovanni, vai avanti, vai avanti, ma lui niente. Almeno una decina di secondi così. Poi è successo l'impensabile... la luce ha iniziato ad andare e venire, due lampadine sono esplose e la roba ha iniziato a volare in giro, tutto quanto! Penne, libri, vestiti...

sembrava di essere in un film! Hai presente l'Esorcista? È caduto uno scaffale, si sono rotti i vasi... tutto questo casino doveva registrarsi sul nastro, invece niente! Lui ha spalancato gli occhi, si è alzato e si è messo a sedere. Non è possibile tutto questo! Durante l'ipnosi regressiva sei in uno stato di coscienza alterata, il cervello non può fisicamente dare i comandi per compiere movimenti del genere!»

«Va beh, si sarà svegl...»

«Zitto, ascoltami cazzo!» mi interruppe per l'ennesima volta «Credo che mi abbia parlato, o forse no, non so spiegarmi... Cristo Iddio, è complicato! Non muoveva la bocca, era immobile e mi fissava, ma io sentivo qualcosa direttamente nella mia testa, mi ha terrorizzato, ho avuto la sensazione che mi comunicasse "non dovevi farlo", una cosa del genere...»

«No, direi che non ti capisco.»

«Non mi capisci, non mi capisci... non lo capisco neanch'io!»

Tutto il suo corpo stava tremando come un malato di Alzheimer. Faceva quasi fatica a portare la sigaretta alla bocca. Era davvero impressionante. Questo particolare avrebbe dovuto indurmi a riflettere, ma ero troppo sicuro che mi stesse prendendo per i fondelli e cominciai a perdere la pazienza.

«Chi può essere stato? Chi l'ha fatto svegliare, chi mi è entrato in testa?»

Alzai le braccia. «Eh, che domande... gli alieni, no?»

«Non mi credi?»

Gli risi in faccia. «Mah, fai tu. Ritieni di essere una persona credibile?»

«Non mi credi! Eppure hai sentito anche tu la registrazione!»

«Sì, ho ascoltato una splendida interferenza aliena. Poi hai detto di sentire dei suoni nella tua testa, e sai quelli sono difficilmente riproducibili...»

«Ma... mmhh!» ringhiò con voce soffocata e fece come per strapparsi i capelli «cazzo non è possibile, cazzo cazzo cazzo! Ti ho spiegato che è stato strano! Qualcosa nella mia testa comunicava... mi ha messo addosso una paura bestiale! Fanculo, fanculo! E se fosse stato realmente una vittima di abduction?»

Perfino le parolacce, lui che era sempre stato un paladino dell'educazione dai tempi della querela. Pensai che a Hollywood avrebbe fatto faville. Un'interpretazione fenomenale.

«Va bene, stiamo al gioco, anche se mi sto rompendo i coglioni. Dunque gli alieni ti avrebbero comunicato qualcosa attraverso un loro addotto. Tu mi hai sempre detto che gli UFO non esistono, giusto? Mi hai nominato il tuo amico, l'astronomo famoso, che scruta il cielo tutti i giorni e ha confermato l'inesistenza di tali oggetti, giusto? Quindi abbiamo ritenuto improbabile, a rigor di logica, che il primo deficiente con una videocamera o uno smartphone possa trovarsi al posto giusto e al momento giusto per riprendere qualcosa che in anni di studio dei cieli è sfuggito ai migliori esperti del pianeta. Giusto?»

«Ascolta, ora le cose sono...»

«Stai zitto, adesso parlo io» lo rabbonii in malo modo «abbiamo concluso che gli UFO esistono solo per chi vuole vederli. Da qui un semplice sillogismo: le abduction le fanno gli UFO, gli UFO non esistono, quindi le abduction non esistono.»

«No, no, no!» strepitò, gettando l'ennesima sigaretta a terra «Questa volta era reale! Non so che legame ci sia, abduction o no, non so un cazzo, ma era fottutamente reale! Non era lui a parlarmi, era qualcun altro!»

Mi sembrava di avere davanti un bambino che frignava pretendendo di avere ragione per forza. Stavo iniziando a dubitare che fosse uno scherzo e a propendere per l'opzione cervello in pappa. «E che senso avrebbe quella minaccia? Hai paura che ti facciano del male? Che rapiscano anche te?»
«Non lo so, non lo so, cazzo... non lo so!»
Si tirò su gli occhiali, sfregandosi le palpebre. Stava piangendo sul serio.
Provai a sdrammatizzare la situazione. «Augusto, fatti vedere da uno... psicologo.»
«Ma che risate, vero? E secondo te per quale motivo ti ho detto di venire? Sei l'unico con cui posso parlare, l'unico a sapere che sono io il primo a non credere a queste cose!»
«Fai bene, continua a non crederci! Dov'è il problema? Ma non è proprio possibile che questa cazzo di ipnosi regressiva sia un po' sballata? Che quel tizio abbia avuto una reazione diversa dal normale e che tu, magari spaventato, sia stato vittima di una sensazione sbagliata o di un'allucinazione uditiva?»
«Ho fatto male a chiamarti. Vattene, vattene via. Sparisci!»
Aveva passato il segno, non c'era alcun dubbio. Aprii il diaframma, pronto a vomitare una sequela di insulti al suo indirizzo. Quando però la cassa toracica arrivò al massimo punto di tensione, qualcosa mi convinse a far tornare indietro la voce. L'articolo, pensai, l'articolo...
«Facciamo che io me ne torno a casa, adesso, e tu ti tranquillizzi un attimo. Dormici sopra. Forse sei un po' in tensione al pensiero della partenza.»
Mi volse le spalle scuotendo la testa, poi buttò l'ultima sigaretta per terra. Il parquet era diventato un posacenere, uno spettacolo indecoroso.

Lo salutai e girai la maniglia della porta, aspettando una risposta di cortesia che puntualmente non arrivò.

Lungo i metri che mi separavano dalla macchina alzai gli occhi al cielo. Le nubi grigiastre preannunciavano pioggia. Sarebbe stata una notte senza stelle, senza puntini luminosi in movimento scambiati per chissà cosa.

Dischi volanti... che stronzata!

1.4

La mattina seguente mi svegliai abbastanza presto. Mi attendeva un mare di bollette arretrate e un avviso di giacenza. Verde, il colore da temere più di ogni altro: atti giudiziari, cioè, spesso e volentieri, multe non pagate. E io ne avevo lasciate indietro un po' negli anni, sperando ingenuamente che non si ripresentassero. A quanto pare sono come i gatti: anche a chilometri e chilometri di distanza, prima o poi, troveranno sempre la strada di casa.

L'ufficio postale distava duecento metri da casa mia. Dopo una fila estenuante di oltre un'ora, data la proverbiale voglia di lavorare delle sportelliste, tornai indietro alquanto scocciato. Trecento euro vaporizzati come bruscolini.

Si può facilmente intuire la gioia con la quale osservai, arrivando al parcheggio sotto casa, la BMW grigia di Palanca. Lui era col sedere sul cofano, intento a fumare come un disperato. Fui tentato per un attimo di eclissarmi, ma il suo sguardo fu più rapido e mi agganciò da lontano come il visore di un cecchino.

«Federico!» gridò, buttando via la sigaretta e venendo verso di me.

In contemporanea iniziò anche a piovigginare. Un paio di bestemmie a bassa voce, poi gli andai incontro anch'io.

«Merda, Federico! Sono stato in ospedale!»

«Hai seguito il mio consiglio?» risposi sarcastico. Da dietro le lenti riuscii a scorgere due occhiaie notevoli... doveva essere stato in piedi tutta la notte.

«Ma vaffanculo! È successo un casino. Porca puttana... mi hanno chiamato dicendomi che Giovanni Melli ha avuto un'emorragia cerebrale!»
«Come? Quello della seduta misteriosa?»
«Sì, diamine. Un paio d'ore dopo essere andato via ha iniziato ad avere mal di testa e a esprimersi in maniera confusa... l'hanno portato in ospedale, gli hanno fatto una risonanza e hanno riscontrato un'emorragia interna! Non è normale! Era un ragazzo in ottima salute, faceva ciclismo, mai nessun precedente del genere nemmeno in famiglia...»
«Anche a me piacerebbe molto una bici, una bella bici a scatto fisso, rossa, coi cerchi in carbonio.»
«Che stai dicendo? E questo cosa c'entra? Sei fuori di testa?»
«Eh? Oh, no, scusa per la divagazione» dissi un po' confuso «ora come sta?»
«È in coma. L'hanno operato d'urgenza ma hanno potuto rimuovere solo una parte dell'emorragia poiché è localizzata in un punto molto interno. La situazione è critica. I genitori non sanno nulla della seduta, io sono passato di sfuggita facendo finta di cercare un parente... se avessero saputo di questa faccenda mi avrebbero linciato. Sono preoccupato, se venisse alla luce potrebbe essere un casino per me!»

Si stropicciò gli occhi lucidi. Provai un filo di pena e gli misi una mano sulla spalla. «Mi spiace, ma tu cosa c'entri? Sono cose che possono succedere a chiunque e in qualunque momento. Non ti crucciare.»

«Come puoi dire così? Non ti sembra una circostanza alquanto singolare?»

«Senti, Augusto» gli dissi in tono paternalistico «non so cosa ti stia succedendo, ma mi sembri parecchio fragile dal punto di vista psichico. Forse è la tensione per la prospettiva di cambiare vita, non lo so. Ti dò un consiglio: anticipa la partenza! Io in fondo ho materiale a sufficienza per un articolo bomba. Ho anche l'intervista in cui confessi tutto. Salta sul primo aereo e vai in una spiaggia assolata a fare overdose di cocktail e puttane!»

Ovviamente tralasciai di ricordargli la mia ipotesi sui danni che, pensavo, potessero derivare dall'ipnosi regressiva. Non era proprio il caso in quel momento. D'altro canto, sebbene la considerassi una boiata non esente da rischi, attribuirle un'emorragia cerebrale mi sembrava un po' troppo.

Lui tacque per qualche istante. «Secondo te per nascondermi da *loro* basterebbe cambiare paese? Ma come ragioni?»

Da simpatico cialtrone qual era, Augusto Palanca si stava rapidamente trasformando in uno degli individui più paranoici e fastidiosi che avessi mai conosciuto. Il mio livello di sopportazione delle sue uscite stava toccando il fondo.

«Augusto, so di essere l'unica persona con cui puoi parlare in sincerità ed essere te stesso. Ti mancava questa cosa, vero?»

Lui fece un sospiro, poi annuì.

«L'ho capito da come ti sei rapportato a me in questi giorni. Anni e anni di finzione devono essere difficili da gestire a livello mentale, anche per uno psicologo. Però, sul serio, secondo me ti stai incaponendo troppo su questa storia. Un ragazzo è stato male, punto. Qualsiasi cosa sia successa in quello studio, qualsiasi cosa, non è correlata agli alieni e alle abduction. Ne sono sicuro. Dammi retta.»

Accompagnai la saggezza di queste affermazioni con un sorriso accennato. Sono sempre stato fiero di me per l'innata capacità di azzeccare le parole giuste al momento giusto.

«Ne sei sicuro, ne sei sicuro...» rispose scocciato «che ne puoi sapere tu? Sei un esperto in materia? O forse anche tu sei uno psicologo?»
Dopo quest'ennesima polemica decisi di non perdere ulteriore tempo e neuroni. «Ciao Augusto, ho da fare. Pensa a quello che ti ho detto.»
Lo liquidai così, avviandomi verso il cancello di casa. Mentre aprivo il portone interno gettai uno sguardo indietro: era ancora lì a fissarmi sotto la pioggia. Scossi la testa ed entrai. Forse l'avevo sopravvalutato, forse era davvero pazzo quanto e più dei suoi addotti.

Salito in casa mi tolsi i panni bagnati e li gettai alla rinfusa sul letto. Per mia fortuna non possedevo più un animale domestico. Avevo avuto un cane ma era morto due anni addietro. Lo amavo molto, ma mi rendeva la casa un porcile infinito tra peli sparsi, giochi e anche qualche occasionale vomitata. Non avevo una fidanzata fissa da parecchio tempo, da prima di andare a vivere da solo cinque anni fa, dunque neanche una mano femminile che attenuasse lo squallore casalingo. Ma in fondo, nel mio disordine totale, le cose riuscivo a trovarle, più o meno. Ricordavo con esattezza sotto quanti strati di vestiti erano finite le chiavi di casa, dove si intrufolavano cavi e cavetti per PC e fotocamera, in quale presa avessi lasciato il caricabatteria del cellulare. L'unica cosa che non riuscivo mai a trovare prima di venti minuti di ricerca affannosa erano le chiavi della macchina.
Sedetti al mio posto e accesi il PC. Avevo in mente di iniziare a mettere giù la bozza dell'inchiesta, vista l'aria che tirava avrei fatto meglio a muovermi.
Invece mi ritrovai su Google a digitare... *abduction*.

Nonostante l'articolo su Palanca di due anni prima non mi ero mai documentato più di tanto, dato che non ne vedevo il motivo. La mia curiosità era sempre stata poco solleticata dalla questione rapimenti alieni. In parte perché mi era rimasta impressa una considerazione di Margherita Hack, scienziata che stimavo moltissimo, la quale sosteneva che, malgrado l'esistenza più che probabile di altre forme di vita nell'universo, le distanze che ci separano sono così grandi da rendere impossibile un contatto; in parte per le ridicole trasmissioni su tutte le reti che mostravano improbabili confessioni di addotti, interviste farlocche a presunti ex ufficiali di marina ed esercito e altro ciarpame. Una volta, un servizio di una delle peggiori trasmissioni sull'argomento aveva mostrato una donna in lacrime che sosteneva di essere stata usata svariate volte come "incubatrice" di ibridi umano-alieni. Al settimo mese, il feto veniva prelevato dagli alieni e lei non ne aveva più notizia. A riprova del fatto, aveva mostrato quello che doveva essere un feto abortito di una di queste misteriose gravidanze... nient'altro che un povero coniglio scuoiato.

Iniziai a leggere con crescente interesse alcuni articoli e testimonianze, mantenendo comunque il mio scetticismo. Secondo i detrattori, una causa molto diffusa delle esperienze associabili all'abduction era la paralisi ipnagogica, ossia un particolare disturbo del sonno in cui tutti i muscoli, o quasi tutti, sono paralizzati. La paralisi scaturirebbe da una sorta di collegamento alterato tra mente e corpo, in cui il cervello è attivo e cosciente ma il corpo permane in uno stato di riposo: questo può causare paura e spesso il soggetto cerca di muoversi o gridare, senza riuscirci. Mi ricordai, in quegli istanti, che alcune volte da bambino avevo provato anch'io quell'esperienza.

Terribile. Nessun alieno che ti blocchi con un raggio per il teletrasporto, quindi, ma una semplice reazione fisica.
Rinfrancato da quelle conferme, me ne andai in cucina a mettere su un caffè. Erano quasi le undici e una rapida controllata alle mensole mi fece concludere che era il caso di andare a fare la spesa.
Quando la moka brontolò che la mia bevanda preferita era pronta, lo versai in una tazzina e tirai fuori lo zucchero dalla credenza.
Ebbi un attimo di confusione, un mancamento forse. L'ambiente circostante, per un istante, mi apparve deformato.
Mi ripresi subito grazie allo squillo del telefono. Tornai in camera ancora un po' intontito e lo estrassi da una tasca del giubbotto.
Di nuovo lui.
«Pronto, Augusto?»
«Ehi Federico, ti disturbo?»
«Nooo, vai tranquillo» risposi sarcastico «tanto, ormai...»
«Ascolta, ci sono novità. Mi ha telefonato l'amico di Giovanni, poco fa. Gli hanno appena fatto una nuova risonanza per vedere lo stato dell'edema...»
«E quindi?»
Lo sentii sospirare nel microfono. «E quindi hanno trovato qualcosa, cazzo. Nell'area dell'emorragia c'è qualcosa di molto piccolo. Ci stanno sbattendo la testa da stamattina tutti i medici dell'ospedale, ma ancora non hanno idea di cosa possa essere.»
«Ecco. Non mi dire che stai pensando quello che io sto pensando che tu stia pensando, ti prego...»
«E a cosa dovrei pensare, se non a un *microimpianto*?»

Il convegno di due anni prima, quando scrissi l'articolo per Wicked, verteva proprio sui microimpianti, i chip innestati dagli alieni nel corpo dei rapiti.

«No, non ci posso credere. Anche a questo siamo arrivati... ascolta, adesso non ho tempo di ascoltare le tue lagne, devo andare a fare la spesa. Ci sentiamo.»

«La spesa? Alle dieci di sera?»

«Eh? Ma che stai dicendo, sono le...»

Mi voltai di scatto verso il PC e provai un vuoto d'aria infinito, come se stessi precipitando dall'esosfera.

L'orologio segnava le 22:14.

2
Entità

42

2.1

«Dove poso l'ombrello?»
Ricordo bene il ridicolo ombrello di Topolino di Augusto. Pensai che, con tutti i soldi che si era fatto, poteva anche permettersene uno col manico tempestato di diamanti. Ma in fondo faceva parte del suo personaggio.
«Il portaombrelli è lì dietro.»
Mi ringraziò e con un panno in microfibra si diede una pulita agli occhiali, mentre con le scarpe infangate lordò tutto il pavimento senza ritegno. Non che fosse particolarmente pulito, tutt'altro, però la casa era mia, come mio era il diritto di sporcarla.
«Sicuro che non disturbo a quest'ora?»
«No, no, non ti preoccupare.»

Dopo quella telefonata lo avevo invitato a casa mia, non avevo sonno. Un invito solo formale, in realtà, perché lo scopo della sua chiamata era proprio quello di intrufolarsi. Non so perché lo feci: in un altro momento avrei evitato come la peste di sentire le farneticazioni deliranti che andava ripetendo da due giorni.
Adesso però era diverso.
Posato il cellulare ero tornato in cucina, ancora sconvolto dall'aver visto l'orologio inspiegabilmente avanti di quasi dodici ore. Sul top c'era appoggiata la tazza di caffè, ormai gelido, mentre lo zucchero di canna era caduto spargendosi come sabbia sul pavimento. Non riuscivo a concepire la successione degli avvenimenti: ero sicuro, sicurissimo di aver versato il caffè e preso lo zucchero solo pochi secondi prima di ricevere la telefonata

di Augusto. Invece erano trascorse quasi dodici ore... che diavolo poteva essere successo in quel lasso di tempo? Tentai di concentrarmi su quella strana confusione mentale che avevo provato un attimo prima della telefonata, ma la sua percezione era piuttosto rarefatta. Stava pian piano sfuggendo, come un sogno dopo il risveglio.

In ogni caso evitai di farne parola con Augusto, per non alimentare le sue intuizioni bislacche. Senza dubbio ci avrebbe ricamato su una storia ai confini della realtà.

«Posso sedermi qui?» mi chiese, indicando il divano con aria un po' schifata. In effetti non era un bel vedere: non lo pulivo da mesi e aveva svariate chiazze di unto, cicatrici di guerra delle patatine e degli snack caduti durante le serate a guardare film.

Gli feci cenno di accomodarsi, ma io rimasi in piedi.

«Allora, Federico» iniziò, facendo un ampio respiro «magari ho esagerato tra ieri e oggi. Non vorrei che tu mi prendessi per un dissennato. Sono cosciente che la situazione è paradossale: io ho basato la mia vita sfruttando i creduloni in merito alle abduction, raggirando un'infinità di persone e ora mi ritrovo quasi a essere più credulone di loro.»

«Esatto...» gli feci eco, tentando di nascondere il mio turbamento.

«Federico, visto che sei l'unica persona a conoscere i miei segreti, l'unico con cui possa realmente confidarmi, ti chiedo di parlarne. Parliamone! Parliamo di questa cosa, per favore.»

«Di cosa, precisamente?»

«Di tutto, cazzo, di tutto» replicò con una nota di disperazione «delle abduction, degli UFO, di tutta questa roba. Aiutami, tu che sei uno scettico di ferro! Convincimi che è tutta una mia fissazione, che sto uscendo di testa, fammi tornare quello che ero fino a due giorni fa!»

Dunque, il caro Palanca voleva insignirmi del ruolo di "zavorra razionale" per farlo tornare coi piedi per terra. Soffocai per un po' i dubbi sulla mia esperienza ignota, pensando che una chiacchierata del genere avrebbe potuto quietarmi.

«Va bene. Allora... sì, cominciamo da qui. Mi hai detto che la risonanza di Giovanni mostrava un puntino non ben identificabile che i medici non sono riusciti a decodificare con certezza.»

«Esatto.»

Vedendolo estrarre una sigaretta, misi le mani avanti. «A parte che in casa mia non si fuma... facciamo che te lo concedo, ma non ti azzardare a buttare le cicche per terra. Fa già abbastanza schifo così com'è, grazie.»

«Perché non ti prendi una donna delle pulizie?»

«Se me la paghi, senza dubbio. E credo che per tutto questo disturbo, potresti.»

Fece una smorfia. «Dovrei chiederti io, piuttosto, una parte del compenso per l'articolo!»

Non avevo metri di paragone per definire l'avarizia di Augusto. La prima volta che venni invitato a casa sua, si versò da bere solo per se stesso. Ma ero troppo concentrato su quello che aveva da dirmi, così sorvolai.

«Lasciamo perdere, ho capito. Dicevo, la risonanza. Cosa ti fa presumere che sia... un microimpianto?»

«Eh cazzo, è proprio nel punto da cui è partita l'emorragia e guarda caso succede a poche ore di distanza da quando sembrava quasi telecomandato! Magari gli è venuto per lo sforzo eccessivo, oppure la mia ipnosi ha interferito in qualche modo.»

«Non si può rimuovere chirurgicamente, qualunque cosa sia?»
«No, è in una parte del cervello non raggiungibile. Infatti durante l'operazione hanno potuto asportare solo una parte esterna dell'edema. Anche per questo, a quanto pare, i medici sono abbastanza cauti. Potrebbe riportare seri danni neurologici o non risvegliarsi affatto.»
«Un attimo, non ci avevo pensato» replicai, aggrottando le sopracciglia «come hanno fatto a fargli la risonanza? Il campo magnetico reagisce con oggetti metallici, infatti la gente col pacemaker non può farla.»
«Esistono anche alcuni metalli RMN-compatibili, come il titanio, ma tutti danno delle alterazioni nel risultato. Invece qui è andato tutto liscio. Secondo te, come mai?»
Alzai le braccia. «Una spiegazione dev'esserci per forza.»
«Esatto. E cioè... che il materiale di cui è composto non sia di origine terrestre.»
Perfetto. Era proprio lì che non volevo andare a parare, invece...
«Piano, piano. Stai azzardando troppo. E poi scusa un attimo, a che dovrebbero servire questi aggeggi? In fondo, se è finito in coma a causa di questo, non sono poi dei gran geni questi alieni...»
«Cosa pensi di poter capire di esseri capaci di percorrere distanze impensabili, stravolgendo le leggi della fisica e di giungere fino a noi?» disse con un tono macabro «Pretendi di comprenderne gli scopi e le tecnologie?»
Augusto era partito per la tangente. Dovevo cercare di controllare questa sua uscita. «Finora tutte le storie di impianti si sono rivelate delle bufale o sbaglio? Tu hai notizia di qualcuno che abbia portato un impianto a far

analizzare a degli scienziati? Scienziati seri e imparziali intendo, non pseudo-scienziati ufologici.»
«No, però...»
«Ecco, conta che io ho tirato a indovinare e ho avuto ragione. Tutte puttanate.»
Cercai di usare il tono più convincente possibile, di mostrarmi sicuro di me. L'uomo che avevo di fronte sembrava la brutta copia del genio del male conosciuto fino a due giorni prima: balbettava, incespicava, guardava il vuoto senza punti di riferimento. Come poteva passare dalla piena consapevolezza necessaria per manipolare migliaia di persone a una forma di superstizione degna del più ignorante dei cattolici? Tutto nel giro di due giorni, fra l'altro! Guardando i suoi gesti ripetuti e leggendo la disperazione dietro le lenti degli occhiali, intuii che forse l'esperienza da lui vissuta durante la seduta di ipnosi regressiva, pur non avendo origini strampalate, era stata molto più vivida e reale di quanto avessi ritenuto.

2.2

Lo congedai verso l'una di notte. Nell'augurargli un buon sonno ristoratore, compresi che le mie prediche non avevano sortito alcun effetto. Faceva tremare il corrimano al quale era appoggiato e scendeva le scale con incertezza, come se la sua mente non fosse ben collegata al corpo. Per un attimo ebbi la tentazione di accompagnarlo a casa, pensandolo alla guida in quello stato, poi cambiai idea. In fondo non era certo il mio migliore amico, anche se per lui rivestivo un ruolo prezioso.

Rimasi sulla soglia fin quando non lo sentii arrivare al pianterreno, dopo quattro rampe di scale. Era claustrofobico e aveva una gran paura degli ascensori.

Richiusi la porta dietro di me e gettai un'occhiata allo zucchero ancora per terra in cucina. Mi colse una vampata di calore ed ebbi un lieve mancamento, come quando perdi un battito. D'istinto alzai lo sguardo all'orologio: tutto regolare, per fortuna. Scossi la testa. *"Non vorrai finire come quello scemo"* pensai tra me e me. In effetti, il rischio di fissarmi e diventare paranoico era ben concreto.

Di buona lena presi scopa e paletta e raccolsi lo zucchero, evitando che le formiche venissero a pasteggiare dentro casa. Poi però la tentazione fu troppo forte. Invece che andare a dormire, mi rimisi davanti al PC e sulla homepage di Google digitai "vuoto temporale".

Scorsi un paio di link che parlavano d'altro fin quando arrivai a una definizione particolare: *Missing Time*.

Leggerne la descrizione mi fece venire i brividi. Lacerazione Temporale... era esattamente ciò che mi era accaduto. La lieve sensazione iniziale e il non ricordare assolutamente nulla di quel lasso di tempo...

Un nuovo brivido mi colse, simile a quelli già provati ma ancora più intenso. Ero terribilmente a disagio. Sentii mancare l'aria nella stanza: mi alzai in piedi di scatto e volsi le spalle al computer, aprii la finestra e mi sporsi respirando a fondo. Che cazzo stava succedendo? Osservai i puntini luminosi che si intravedevano fra le nuvole, oggetti grandi in realtà milioni di chilometri e per un attimo, solo per un attimo, mi chiesi se ci fosse un collegamento.

La mattina dopo, pur avendo dormito a sufficienza, mi risvegliai con un fastidioso dolore allo stomaco. Sembrava come se i succhi gastrici fossero ristagnati in quantità durante la notte.

Mi avviai in cucina per mettere su la consueta moka, ma lo squillo del telefono fu più rapido. Partì una bestemmia, poi iniziò la ricerca del malefico oggetto. Tanto avevo la quasi certezza di conoscere l'autore della telefonata.

Lo trovai ficcato sotto il letto. Non mi interrogai troppo su come ci fosse finito: lo raccolsi e risposi.

«Augusto, potrei denunciarti per *stalking* di questo passo...»

«Vieni invece di fare il simpaticone» esclamò, allarmato come al solito «a quanto pare ho avuto visite.»

Lungo il tragitto per andare a Vimercate ripensai a quanta benzina stessi spendendo e a un modo per inserire un rimborso chilometrico nel compenso per l'articolo. Poi mi ricordai che un articolo del genere avrebbe potuto ambire a ben altri giornali, piuttosto che a Wicked.

Arrivato davanti alla sua villetta notai una presenza estranea: un energumeno in giacca e cravatta di quasi due metri, spalle larghe e petto a malapena contenuto dal vestito, mi squadrava con aria minacciosa.
Non mi perse di vista un solo istante mentre percorrevo il vialetto di casa.
«Lei è il signor Federico Bonfanti?» chiese con voce gutturale.
Io mi limitai ad annuire.
«Prego, la sta aspettando.»
Mi aprì la porta. Entrai e, come un perfetto portiere d'albergo, la richiuse alle mie spalle.
«E quello chi sarebbe?» domandai all'amico paranoico.
«Una guardia del corpo. Una vera. È in servizio da due ore.»
«Per difenderti da cosa? Dagli alieni?»
Lui non mi rispose, estraendo l'ennesima sigaretta. Le cicche sul pavimento erano ancora al loro posto. Anche lui mi sembrava piuttosto trasandato: barba poco curata, sempre gli stessi vestiti da tre giorni... magari puzzava pure, ma non mi presi il disturbo di annusarlo. Non era normale per chi aveva fatto della presenza scenica un elemento cardine del suo colossale raggiro.
«Ieri notte qualcuno è entrato in casa!»
«Qualcuno? In che senso?» chiesi, un po' stranito «Un ladro?»
«Non lo so, non lo so... ho sentito dei rumori e mi sono alzato, tanto non riesco più a dormire. Ho provato ad accendere le luci ma non funzionavano! Non c'era corrente, come due giorni fa con Giovanni!»
«Anche a casa mia la corrente salta ogni due per tre, Gesù Cristo! Non ne hai mica l'esclusiva.»
«Quindi l'ennesima coincidenza, scommetto! Ma che bello un mondo che si regge sulle coincidenze! Ascoltami

bene, sono sicuro che qualcuno, o qualcosa, era qui. Lo sentivo. Ho urlato cercando una torcia, ma non ho ricevuto risposta. Nemmeno il cellulare funzionava! Ho sentito come dei brusii accompagnati da delle vibrazioni... poi d'un tratto le luci sono tornate. Non ho mai avuto così tanta paura. L'esperienza più brutta di tutta la mia vita.»

«Può essere stato un animale o un ladro per davvero» obiettai con tono abbastanza alterato «oppure puoi esserti sognato tutto. Ci sono delle allucinazioni che vengono quando stai per addormentarti. Si chiamano allucinazioni ipnag...»

«Ipnagogiche! Allucinazioni ipnagogiche! Vuoi spiegarlo a me?»

Aveva addosso un misto di nervoso e terrore. In quel momento realizzai che convincerlo del contrario sarebbe stata una battaglia persa.

«Bene, allora chiedi aiuto alla tua guardia del corpo, magari è addestrato nelle *arti marziane*.»

«Finiscila! Tu mi dovresti convincere del contrario!»

«Io non ti devo proprio niente» risposi stizzito «per cortesia, smetti di importunarmi con queste storie. Rifilale a qualcuno dei tuoi amichetti.»

Girai i tacchi e me andai senza salutare. La guardia del corpo mi squadrò nuovamente da capo a piedi, ma non me ne curai.

Salito in macchina, sgommai in direzione di casa mia spremendo al massimo il motore della mia povera Panda.

Lungo la strada, mentre ero al volante, avvertii qualcosa che mi scendeva sul labbro. Mi toccai e i polpastrelli si macchiarono di rosso. Un'occhiata fugace allo specchietto e il sospetto si concretizzò: stavo sanguinando dal naso.

Uno dei segnali.

2.3

Tornai a casa con la stoffa del sedile e i pantaloni imbrattati di sangue. Per fortuna l'emorragia si era fermata.
Mi guardai a lungo allo specchio. La stessa faccia da scemo di sempre, stessi occhi da pesce lesso, stessi capelli biondo sporco. Sembrava tutto a posto.
In fondo capita a tutti di perdere sangue dal naso, ripetevo tra me e me.
La tentazione, però, fu troppo forte.
Iniziai a tastarmi dappertutto. Dietro le orecchie, alla base del collo, sulla nuca. Come un ossesso con le dita mi scandagliavo ogni centimetro del cranio, alla ricerca di non si sa bene cosa. Un segno strano, una cicatrice, una bruciatura. Come descritto in quei siti.
Dopo dieci minuti di caccia febbrile dovetti arrendermi all'evidenza. Non c'era nulla.
Tirai un sospiro di sollievo, scossi la testa e mi rimproverai di essermi incaponito così tanto. Stavo superando ogni limite accettabile di paranoia. Ero sempre stato un fautore della spiegazione razionale per ogni circostanza e ora mi mettevo a spulciarmi i pidocchi come un cretino per cercare un segno di intervento alieno...
Andai in cucina a mettere sul fuoco la solita moka, poi accesi il computer e mi collegai a internet. Avevo bisogno di distrarmi un po', di distogliere i pensieri da quella che stava diventando una fobia. Effettuai l'accesso a Facebook con l'intenzione di vedere cosa ci fosse scritto nelle pagine dedicate a Palanca. Come sospettavo, la notizia che Palanca avesse temporaneamente sospeso le sedute sia individuali che di gruppo stava avendo un effetto tsunami

sui suoi, diciamo, discepoli. Tutti si interrogavano su cosa stesse succedendo, c'era chi pensava a un semplice periodo di pausa, altri invece gridavano al complotto e paventavano svariate minacce alla sua incolumità.
Poveri fessi.
Mi chiesi per un istante cosa sarebbe successo se avessi scritto un post riportante per filo e per segno il colossale raggiro del professore... ma in fondo, pensai, le persone preferiscono crogiolarsi nelle illusioni piuttosto che affrontare la verità, perché spesso è troppo paurosa, oppure troppo triste o troppo mediocre. Costruirsi un proprio mondo in cui trovare una collocazione precisa, di qualunque tipo essa sia, che risponda ai propri desideri anche in maniera perversa, è una tendenza diffusa nell'essere umano.

«Scusi... scusi, ha bisogno di aiuto?»
Il suono di una voce femminile, dapprima ovattato e distorto, si fece gradatamente più nitido. Mi girai in direzione della voce. Dovevo avere un aspetto inquietante, a giudicare dalla sua espressione.
«Io... io non...»
Mi guardai attorno, totalmente spaesato. Ero in mezzo alla strada, nel parcheggio sotto casa mia. Davanti a me una signora di mezza età, alla guida di una Ford Fiesta, si era sporta dal finestrino per parlarmi.
Che cazzo poteva essere successo? L'ultimo ricordo che avevo era di me al PC, Facebook...
Diedi uno sguardo in basso. Indossavo le ciabatte e la tuta mimetica che portavo di solito in casa. Assurdo.
«Senta, se non le dispiace dovrei passare» mi disse la donna, con fare scocciato.

Mi spostai contro le altre macchine parcheggiate senza dire nulla. Alzai lo sguardo verso casa... la luce della mia camera al secondo piano era accesa.

Era successo di nuovo.

3
Imprevisto

57

3.1

La porta di casa era rimasta aperta, per fortuna, visto che con me non avevo le chiavi.

Trascorsi la notte in bianco: luci accese in tutte le stanze, televisione a volume alto per avere una compagnia di sottofondo e occhi fissi sullo schermo del PC.

Iniziai a leggere tutto quello che scaturiva dal motore di ricerca digitando le parole *abduction* e *rapimenti alieni*. Tentavo di dare linfa alla mia parte razionale, farle prendere il controllo della situazione e impedire alla paura di prendere il sopravvento. «Tutto questo non sta accadendo davvero» ripetevo più volte ad alta voce «è solo suggestione. Solo suggestione.»

Buona parte degli articoli sui vari blog e siti erano riciclati da altri, a loro volta dei copia-incolla di articoli più vecchi. Perlopiù mi ritrovai a leggere robaccia senza senso, elenchi di razze aliene inverosimili anche per il più tonto dei creduloni, casi di abduction del cugino dell'amico del paese, messaggi di amore universale scritti in un modo così sgrammaticato da farti riflettere seriamente sui criteri di selezione degli addotti.

Chiusi il computer controllando l'ora. Erano le sei.

Il sonno mi stava facendo barcollare, così sprofondai sul divano in sala e mi addormentai.

Mi svegliai verso le 8.30 senza particolari disturbi. Stavolta avevo dormito davvero.

Due ore e mezza di sonno erano poche ma mi ero imposto di farmele bastare, c'erano parecchie cose che dovevo fare il più in fretta possibile prima di perdere la testa.

Tra le tante stranezze che mi arrovellavano il cervello, una richiedeva particolare urgenza: andare a trovare Giovanni Melli in ospedale. Che senso poteva avere? Nessuno. Mi chiedevo il perché di questa pulsione e non lo trovavo. Decisi di assecondarla e mossi la Panda in direzione dell'ospedale San Gerardo di Monza.

Quarto piano, settore C, reparto traumatologia. Muovendomi con grazia attraverso medici in camice bianco e parentame vario, arrivai alla stanza diciassette.
La porta era aperta. Davanti ai miei occhi, sdraiato sul letto e attaccato ai macchinari per il supporto vitale, c'era il presunto addotto, vittima dell'ipnosi regressiva di Palanca. Nonostante la testa fosse in buona parte fasciata per via dell'intervento, ebbi una sensazione di déjà-vu nell'osservarne i lineamenti. Mi chiesi fra me e me dove mai l'avessi incontrato... un particolare, più di ogni altro, mi saltò all'occhio. Il padiglione dell'orecchio sinistro era interrotto da un piccolo taglio e le estremità erano rigonfie e cicatrizzate. A giudicare dalla parziale ricrescita del tessuto, doveva essersi procurato quella ferita da bambino.
Rimasi fisso su quel dettaglio per un tempo imprecisato.
«Scusi, lei chi è?»
Una voce alle mie spalle mi fece girare di soprassalto. Era una signora di mezza età, capelli ricci biondi e pelliccia scura indosso pur coi venti gradi abbondanti dell'ospedale. In mano reggeva una bottiglietta d'acqua.
«Sono... sono un amico» risposi con voce incerta «ho saputo della cosa... allora, come sta?»

La donna, che doveva essere la madre data la somiglianza, si tolse la pelliccia e l'appoggiò all'attaccapanni d'ingresso. Ravanò nella borsetta, facendo abbastanza spazio per inserire la bottiglietta d'acqua. Chiusa la zip, andò a sedersi sulla poltrona all'angolo della stanza e finalmente si degnò di rispondermi.

«La situazione è stazionaria. L'operazione ha rimosso parte dell'edema ma non sono potuti andare fino in fondo. La zona di partenza è troppo in profondità e pare ci sia qualcosa.»

«Qualcosa... del tipo?»

«Non lo sanno nemmeno loro» disse la donna «non capiscono se sia un grumo di sangue, un tumore, un frammento di qualcosa o altro. Stanno facendo analisi. Comunque in quella posizione è inoperabile.»

Mi venne automatico sfiorarmi la testa. La madre mi guardò stranita. Avrei potuto dirle qualcosa del tipo: suo figlio potrebbe avere un microimpianto alieno nel cervello. E magari avrei potuto averlo anch'io. Ma dubitavo che ciò l'avrebbe confortata.

«Bene... allora io vado, auguri.»

La donna annuì senza rispondere e io mi avviai lungo la corsia ospedaliera diretto agli ascensori.

Lungo la strada, complice la mente affollata di pensieri e il mio abituale sguardo rivolto a terra, urtai con la spalla una persona. Prima che potessi alzare la testa per chiedergli scusa, una fitta fastidiosa mi trapassò il cranio.

«Tutto bene?» chiese l'uomo con voce ambigua, osservando la mia smorfia di dolore. Lo fissai per qualche secondo. Era calvo e corpulento, sulla cinquantina. Gli occhi azzurro cielo avevano un'espressione particolare. Sembrava che mi stesse guardando con sospetto.

«Sì, è solo la testa...» balbettai, sfiorandomi la fronte con la mano destra «sono un po' stressato in questo periodo. Mi scusi, comunque.»

Rimase in silenzio per qualche secondo. Avevo l'impressione che stesse rimuginando qualcosa.

«Mi scusi lei.»

«Di niente. Ora devo andare.»

Detto questo mi girai per non perdere altro tempo, ma continuai a sentirmi il suo sguardo addosso per tutto il corridoio.

Quando entrai nella sala principale del piano, diedi un'occhiata di sfuggita allo schermo LCD attaccato in alto alla parete. L'indice era sul punto di premere il pulsante di chiamata dell'ascensore, ma mi immobilizzai.

Sullo schermo stavano scorrendo le immagini del Palazzo di Giustizia di Monza: c'era una persona in arresto condotta dagli agenti all'interno di una vettura, tra i flash dei fotografi.

Una persona che conoscevo bene.

Cercai di estraniarmi dal baccano di sottofondo per cercare di ascoltare le parole della conduttrice del telegiornale.

«*...all'alba dai carabinieri Augusto Palanca, personaggio molto noto e controverso all'interno dell'ambiente ufologico. Ospite in svariate trasmissioni televisive e autore di diversi volumi, Palanca è un ex professore universitario dedicatosi a suo dire alla terapia da rapimenti alieni. Da quello che è trapelato finora, i vicini avrebbero allertato le forze dell'ordine vedendo Palanca fuori dalla sua abitazione mentre urlava frasi sconnesse: la polizia, giunta sul posto, avrebbe ritrovato un cadavere all'interno della casa, procedendo quindi al suo arresto immediato con l'accusa di omicidio.*»

3.2

Mi precipitai come un razzo a casa mia. Durante tutto il tragitto non avevo fatto altro che pensare a lui. Non potevo capacitarmene. Avrei capito se si fosse trattato di evasione fiscale o cose del genere... poveraccio, mi sarei detto, scoperto proprio quando stava per svignarsela col malloppo. Ma *omicidio*? Augusto era un mascalzone, ma un assassino proprio no, non ce lo vedevo. Fare congetture però non sarebbe servito a niente: innanzitutto avevo in mente di andare a leggere più dettagli sulla notizia sul mio computer, possedendo un vecchio telefonino che non si collegava nemmeno a internet. Poi avrei provato in qualche modo a contattarlo.

Doveva essere una giornata speciale, poiché le sorprese, a quanto sembrava, non erano finite lì.
Nel parcheggio di casa erano ferme due volanti della polizia. Il dubbio che non fossero lì per me durò solo un istante. Non appena visualizzarono la mia auto fecero segno di accostare. Uno di loro aveva una mitraglietta bene in vista.
«Lei è il signor Federico Bonfanti?» chiese il poliziotto a voce grossa.
«Sì, sono io.»
«Dovrebbe venire con noi. Prego, parcheggi e scenda dall'auto.»
Esclamai la prima frase che avevo in mente. «Sono in arresto?»
«No, l'ispettore deve farle qualche domanda. Andiamo.»

Il tono scorbutico e la mole di quel poliziotto mi suggerirono di non contrariarlo. Parcheggiai la macchina alla buona e mi feci caricare sulla volante della polizia, che partì a razzo.

Mi accompagnarono in un ufficio all'interno del Palazzo di Giustizia, dove c'era ad attendermi una persona.

«Buongiorno signor Bonfanti, sono l'ispettore capo Paolo Marchi.»

Rimasi stupito per un istante. «Lei è...»

Era l'uomo che avevo incontrato neanche un'ora prima in ospedale. Al momento non feci ipotesi sulla sua presenza lì e nemmeno pensai che potesse essere collegata a quella vicenda.

«Sì, sono io. Come va la testa?»

«Eh? Ah, bene, bene... più o meno.»

«Si accomodi pure.»

Lo guardai con più attenzione. Ricordava Benito Mussolini, per certi versi. Poi aveva quello sguardo... uno sguardo strano. Non come lo sbirro che fa il suo mestiere, che scruta un indiziato o cerca informazioni da un possibile testimone. Quello sguardo andava oltre, cercava qualcos'altro.

«Bene, signor Bonfanti, questa mattina abbiamo arrestato il signor Augusto Palanca. Per farla breve, siamo stati chiamati dai vicini perché lo vedevano in mezzo alla strada, alle sei di mattina, mentre urlava a squarciagola cose senza senso, storie sugli alieni, sugli UFO, sull'invasione extraterrestre... insomma, cazzate varie. I vicini erano spaventati, hanno detto che sembrava drogato. Quando gli agenti sono arrivati hanno cercato di calmarlo ed è stato lui stesso a portarli dentro casa sua e a mostrargli il cadavere. Ha detto che non c'entrava nulla, che non si spiegava come potesse essere successo o meglio, se lo spiegava dicendo che dovevano essere stati per forza di cose gli alieni.»

Ero allibito. La storia stava andando molto oltre il livello preventivato, stavo iniziando a pentirmi seriamente di essere stato tirato in ballo.

«All'apparenza è tutto contro di lui,» continuò «restano da stabilire il movente e la dinamica precisa, oltre alla presenza di eventuali complici.»

Da come mi stava descrivendo la situazione, il tizio con cui avevo collaborato per settimane si era trasformato tutt'a un tratto in un killer senza il beneficio del dubbio. Stentavo a crederci, ma a quanto sembrava dovevo farmene una ragione.

«Da una prima analisi del suo computer però, è emerso dell'altro...»

Mi fissò dritto nelle pupille. Si aspettava che fossi io a completare la frase.

«Immagino abbiate trovato la documentazione per il mio articolo...» dissi con un accenno di titubanza nella voce.

«Vada avanti.»

Deglutii, cercando mentalmente di pesare le parole. «Come lei saprà, Palanca era un ufologo esperto di abduction. In pratica sosteneva di aver subito un rapimento alieno, e...»

«Si risparmi questi dettagli» mi interruppe in tono sbrigativo «conosco tutta la storia di Augusto Palanca. Mi sono anche andato a leggere il suo servizio di due anni fa. Mi parli invece di questo nuovo articolo.»

Sospirai a lungo, un po' infastidito. «D'accordo. Dunque, Palanca mi mandò una mail in cui chiedeva di incontrarci. Ci siamo visti a casa sua, e lì mi ha parlato di questo progetto. In pratica ha ammesso di aver costruito la sua carriera sul nulla, ha rigettato tutto quello che fino ad allora aveva predicato, gli UFO, l'abduction, tutto quanto.»

Come da accordi preliminari, evitai accuratamente di fare menzione dei soldi nascosti nei paradisi fiscali. È vero che come giornalista esisteva il diritto di cronaca, ma è anche vero che avrei potuto avere delle grane per non aver denunciato il fatto, sia con la legge sia con l'ordine dei giornalisti.

«E il suo ruolo in tutto questo qual era?» chiese interessato.

«Aveva deciso di dettarmi il suo testamento, in un certo senso. Avrei dovuto scrivere un articolo in cui sviscerare quell'immensa truffa che è stata la sua vita. Un lascito celebrativo a tutto il mondo, diciamo, per chiudere in bellezza la sua carriera. Ne faceva una ragione di vanto.»

L'ispettore fece una smorfia. «Abbiamo trovato un biglietto di sola andata per la Thailandia in casa sua. Doveva partire fra quattro giorni. La cosa un po' strana» continuò «è che non ha messo in vendita né la casa, né l'automobile e non ha nemmeno svuotato il suo conto bancario. Tutto ciò, unito al suo racconto, mi fa supporre che il Palanca possa avere qualche, diciamo, *risparmio* occultato magari su conti offshore. Lei ne sa qualcosa?»

Sviai lo sguardo verso la scrivania ed esitai un istante, poi scossi la testa. «Non ne so nulla. Sinceramente qualche sospetto ce lo avevo anch'io, ma lui ha sempre deviato quando toccavo l'argomento. D'altro canto non doveva essere questo il cuore del mio articolo.»

Paolo Marchi inarcò le sopracciglia e trasse un lungo sospiro. La mia magistrale interpretazione doveva averlo convinto. Sapevo fingere davvero bene, quando volevo.

«Va bene, Bonfanti. Diamo per buona questa versione al momento e passiamo oltre. Lei conosce questa persona?»
Mi porse un foglio. Era la stampa di una foto. Ritraeva un omaccione calvo in doppiopetto intento a scortare quello che sembrava essere un politico.
«L'ho visto ieri. È la guardia del corpo di Palanca, giusto?»
La faccia dello sbirro era eloquente. L'associazione mentale con l'accusa di omicidio mi si presentò davanti senza bisogno di ulteriore conferma.
«Credo di intuire che avrei dovuto usare il verbo al passato...»
Mi passò una nuova stampa.
Ebbi un impulso di disgusto. Ritraeva la stessa persona distesa a terra e orribilmente sfigurata.
«Giuseppe Giordano» iniziò lo sbirro «anni trentanove, professione bodyguard. Era stato ingaggiato da Augusto Palanca il giorno prima. Ha idea del motivo?»
Aprii la bocca per rispondere, ma la richiusi subito e fissai l'ispettore che pendeva dalle mie labbra. Avevo due opzioni e pochissimo tempo per sceglierne una: inventarmi una balla o dire la verità. In questo caso, specie con un omicidio di mezzo, la verità sarebbe stata molto più compromettente per Augusto, e io non me la sentivo, nonostante tutto, di metterlo nei guai più di quanto già non fosse. Come spiegare allo sbirro della Lacerazione Temporale, del sospetto microimpianto nel cervello, delle abduction e delle altre storie? Lo avrebbero preso per pazzo e il raptus di follia per un motivo qualsiasi sarebbe stato plausibile. Non riuscii nei pochi secondi concessi ad elaborare una scusa decente e mi limitai a una laconica scrollata di spalle.

«Non gliene ha parlato ieri? Cerchi di ricordarsi. Mi sembra strano che lei non abbia chiesto nulla a riguardo.»
«No, le ripeto. La questione della sicurezza personale, delle minacce ricevute da non si sa chi, faceva parte del suo bagaglio di menzogne. Dava maggiore credibilità al personaggio. Le guardie del corpo si mostravano solo ai convegni, non ne aveva mai avuta una fissa a casa. Questo stando ai suoi racconti, ovvio.»
Tornai a fissare quella foto stampata. Il volto sfigurato del povero bodyguard era davvero raccapricciante, chiunque avesse fatto una cosa del genere doveva proprio avercela a morte con lui. Eppure, osservandole con attenzione, le ferite non sembravano frutto di violenza o furia cieca. Erano chirurgiche, effetto di un lavoro ordinato e meticoloso.
«La situazione appare inequivocabile. Cadavere in casa, nessun altro presente sulla scena del delitto... invece ci sono dei particolari decisamente anomali» disse l'ispettore, intuendo le mie perplessità «innanzitutto non vi sono segni di lotta né all'interno dell'appartamento né all'esterno. La serratura è intatta, ogni oggetto al suo posto. Poi le condizioni del cadavere... alla vittima è stato asportato il labbro superiore, entrambi i bulbi oculari e tutti gli organi interni, compreso il cervello. Il corpo sembra essere stato prosciugato da ogni singola goccia di sangue e non se ne trova traccia neanche in casa.»
Rimasi inorridito da questa descrizione. In effetti, intorno alla sagoma in fotografia non c'era nemmeno uno schizzo rosso rubino.
«I tagli sono stati effettuati con precisione millimetrica e le ferite cauterizzate alla perfezione. Non abbiamo la minima idea di come si sia potuta realizzare una tale opera... da quello che ci risulta, Palanca non ha competenze mediche e in casa sua non è stato ritrovato

nulla di utilizzabile per l'omicidio. Di certo non si tratta di coltelli da cucina. Sembrerebbero i tagli di un laser.»
«Non può essere stato lui... da quello che ho potuto vedere, non è certo un tipo da omicidio.»
«A questo punto anch'io ho dei dubbi, ma al momento è l'unico indiziato.»
«Capisco...» risposi titubante «ma spero che venga scagionato. In fondo mi era quasi simpatico e...»
Mi azzittii un istante. L'ispettore capo mi stava fissando in modo molto strano. Poi avvertii un lieve formicolio sul labbro superiore.
«Signor Bonfanti, sta sanguinando dal naso...»
D'istinto mi portai i polpastrelli sopra la zona incriminata, avvertendo una consistenza liquida e li guardai... ebbene sì, un'altra volta. Fui preso dal panico ma lo sbirro, in tutta tranquillità, mi porse un fazzoletto di carta.
«Gra... grazie.»
Imbarazzato, arginai il copioso fiotto di sangue che sgorgava dalle mie narici. Ci guardammo per qualche secondo, poi l'ispettore spense il computer e si alzò.
«Vada pure, signor Bonfanti, per ora abbiamo finito. Si tenga a disposizione, magari la richiameremo. Anzi, visto che è senza macchina, le do un passaggio io. Devo uscire comunque.»
«Non si disturbi, non ce n'è bis...»
«Insisto, signor Bonfanti» tagliò corto con tono perentorio. Rimasi per un attimo spiazzato, poi decisi di assecondarlo. Bisbigliò qualche comando al poliziotto presente in stanza, che salutò e uscì prima di noi.
«Mi segua.»
Paolo Marchi faceva strada camminando a passo spedito. Scendemmo le scale del palazzo di giustizia, percorremmo lunghi corridoi dai colonnati in pietra, infine

passammo attraverso i metal detector e ci trovammo sullo spiazzo antistante alla costruzione. In tutto il percorso non mi aveva rivolto mezza parola. In compenso aveva passato il tempo scrutando a destra e a sinistra, come per cogliere sguardi indiscreti.

«È proprio una bella giornata» esclamai di punto in bianco, giusto per rompere quel silenzio imbarazzante, mentre osservavo il solito viavai del centro di Monza.

Lui non rispose e continuò la sua camminata fino a una Golf grigia, parcheggiata nei posti riservati al personale. Aprì la chiusura centralizzata e mi fece un semplice cenno col dito per salire.

Ubbidii senza porre ulteriori domande. Dopotutto mi avevano portato via loro, il tribunale distava cinque o sei chilometri da casa mia e io ero diventato un pigrone.

Durante il tragitto notai frequenti occhiate allo specchietto retrovisore, quasi temesse di essere seguito. Deformazione professionale, forse.

Dopo qualche minuto mi accorsi che qualcosa non quadrava.

«Guardi che il mio quartiere è San rocco» dissi all'ispettore «perché non ha preso corso Milano?»

Mi lanciò uno sguardo raggelante. Ebbi la certezza che non mi stava riportando a casa.

«Scusi... dove stiamo andando?»

«Signor Bonfanti» mi interruppe «dove si trovava due giorni fa, all'incirca tra le dieci e le undici di sera?»

Rimasi per qualche istante di stucco. Che senso poteva avere quella domanda? Poi la sorpresa si trasformò in un brivido che mi risalì la schiena. Era il lasso di tempo di cui non ricordavo nulla. «Mi sembra... a casa mia. Davanti al computer.»

Con una mossa degna del patentino di guida sportiva che probabilmente possedeva, accostò rasente al

marciapiede e inchiodò, bloccando la macchina a pochi centimetri dal paraurti di quella davanti. Voltandosi mi trafisse con lo sguardo.
«Ne è proprio sicuro?»
«No, io...»
«Perché a quanto mi risulta da un veloce controllo del tabulato telefonico, lei si trovava in provincia di Varese, in una zona di montagna. Che cosa stava facendo lì?»
«Varese?» dissi a bocca aperta «Non sono mai stato a Varese in vita mia... ci dev'essere un errore!»
«Nessun errore. Dunque non si ricorda?»
«No! Cazzo... non mi ricordo!» risposi di getto, senza pensare alle conseguenze «Va bene? Non ho proprio nessun ricordo in proposito...»
«Nessuno?»
«Nessuno! Non me lo spiego, ho come un vuoto totale. So che è strano ma è la verità.»
Non sapevo cosa aspettarmi. Il senso di quelle domande mi era oscuro, così come il fatto che fossi stato a Varese senza serbarne il minimo ricordo. Lo sbirro però abbozzò un sorriso soddisfatto. Senza dire altro, ripartì proseguendo lungo la strada.
«Adesso può dirmi dove stiamo andando?»
«Hai pensato» continuò senza rispondermi, dandomi del tu «a cosa può esserti successo, durante quei momenti?»
Il tono della sua voce si era fatto accomodante, ma io rimasi sulla difensiva. «Se glielo dicessi, mi spedirebbe dritto in un ospedale psichiatrico.»
L'espressione dell'ispettore si fece enigmatica. «Mantieni i nervi saldi. Potresti rischiare di finirci sul serio, dopo quello che ti mostrerò.»

# 4
La ricerca

4.1

Dopo una decina di minuti arrivammo davanti a una casetta indipendente, piuttosto male in arnese, affacciata sul vialone che collega Monza a Cinisello Balsamo.

«Lei abita qui?» chiesi stupito, dato l'aspetto lugubre e dimesso del casolare. Non mi aspettavo una casa del genere: lo facevo più da appartamentino in centro. Mi pareva di cogliergli addosso il sentore spocchioso della borghesia monzese, pur svolgendo un lavoro di strada come il poliziotto... forse mi ero sbagliato.

«Da qualche anno...» mi rispose, mentre estraeva le chiavi, con un tono di voce che denotava tutta la sua insoddisfazione.

Oltrepassato il cancello arrugginito, ebbi modo di osservare meglio il triste spettacolo offerto dal giardino: erbacce e rampicanti avevano invaso ogni angolo, inglobando alcune sculture in pietra e nani in ceramica. Dall'esterno l'avrei scambiata senza dubbio per una casa abbandonata da moltissimo tempo.

Una volta entrati, realizzai che il mio concetto di disordine era settato su standard fin troppo elevati. All'apparenza non c'era un solo oggetto che si trovasse in posizione ottimale. Varie bottiglie di acqua e birra, alcune vuote, erano sparse sul divano e sul tavolo della sala. Lo stenditoio troneggiava in mezzo al corridoio e i panni, lavati a centrifuga molto bassa, avevano creato delle simpatiche pozzanghere sul pavimento. Sul tavolo della cucina c'erano i rimasugli di almeno due pasti, tra cui del formaggio ormai ridotto in pappetta, mentre nel lavandino si intravedeva una pila di piatti sporchi alta quanto il Monte Bianco. Scarpe e ciabatte erano sparse un po' in ogni stanza, insieme a bollette e volantini pubblicitari. Una discreta puzza di chiuso ristagnava in tutta la casa, d'altronde le tapparelle erano serrate e avevano l'aria di esserlo da molto tempo.

Da un ufficiale di polizia mi sarei immaginato un militaresco rigore anche in casa. Invece, incredibile a dirsi, avevo trovato qualcuno in grado di battermi in quanto a sporcizia.

«Scusa per il disordine» mi disse senza badarci troppo «non ricevo mai nessuno a casa.»

«Di niente, figuriamoci» risposi imbarazzato, chiedendomi al tempo stesso cosa ci stessi facendo lì. Per un attimo mi balenò l'idea che, dietro la facciata di onesto tutore dell'ordine, si nascondesse un criminale psicopatico dedito ad affettare le sue malcapitate vittime e a nasconderne i pezzi nel congelatore. In effetti, nella stanzetta adibita a sgabuzzino si intravedeva un congelatore molto grosso, fatto strano per uno che viveva da solo.

Mentre lui se n'era andato a trafficare proprio in quella stanza, dando per un attimo conferma ai miei timori, mi saltò all'occhio un mobiletto di legno posto all'angolo della sala. Era l'unica zona della casa pulita, a quanto sembrava. Intorno non c'erano oggetti o cartacce e non sembrava nemmeno impolverato a differenza degli altri mobili. Sopra c'era una foto in una cornice d'argento. Mi avvicinai e la presi in mano: raffigurava lui mentre teneva in braccio un bambino biondo, cinque o sei anni a prima vista. I grandi occhi azzurri, uguali a quelli dell'ispettore, lasciavano poco spazio al dubbio.

«Mettila giù.»

Una voce imperiosa risuonò dall'altra stanza assieme a un rumore metallico. Paolo Marchi avanzava verso di me con aria minacciosa, imbracciando una grossa scala di ferro di quelle ripiegabili, usate dai muratori.

«Scusi, non volevo» risposi intimorito, riponendo la foto al suo posto «è suo figlio?»

Mi passò accanto senza rispondere e piazzò la scala in mezzo al corridoio. La allungò fino a raggiungere il tetto, poi fissò i ganci per tenerla ferma. In quel momento notai, quasi invisibili, delle linee sull'intonaco che ricordavano un'apertura. La mia intuizione era giusta: Marchi mise la mano al centro di quel rettangolo e tirò verso l'alto, svelando l'ingresso di quella che doveva essere la soffitta.

Salì sulla scala e si issò all'ultimo sulla soffittatura, poi inginocchiatosi mi fece cenno di seguirlo. Mi avvicinai con un po' di timore poggiando le mani sul freddo metallo. Avevo sempre sofferto di vertigini, anche una semplice scala come quella mi provocava brividi e sudori freddi.

«Ti muovi?» intimò in tono scorbutico, vedendo il mio incedere titubante. Inspirai a fondo e percorsi la scalinata di getto, fin quando sentii le sue braccia che mi abbrancavano per issarmi.

Mi trovai in una soffitta buia senza finestre, dall'aria stantia e polverosa.

«Aspetta...» fece l'ispettore, andando verso una lampadina che intravedevo pendere dal soffitto.

Quando accese la luce credetti di trovarmi davvero a casa di un folle. Le pareti erano completamente ricoperte da un'infinità di articoli di giornale ritagliati, foto e disegni vari; una marea di libri erano accatastati in ogni angolo, alcuni all'apparenza molto antichi; su di una scrivania, l'unico arredo presente, era poggiato un PC e un insieme di macchinari strani. Davanti alla scrivania, sopra la parete foderata di carta, campeggiava la gigantografia di una foto che ritraeva il bambino visto poco prima.

«Cosa sarebbe... questo?»
«Questo è il mio mondo.»
Lo guardai con un'espressione stranita mentre riordinava alcune carte sulla scrivania, poi mi avvicinai ad una parete. Dopo una rapida occhiata mi resi conto che gli inserti ritagliati avevano tutti un'unica tematica...
«Cos'è, uno scherzo?» chiesi con voce tremante, mentre un brivido mi aveva fatto scattare ogni singolo disco della spina dorsale. Questa volta non ero riuscito per nulla a dissimulare il mio turbamento.
«Puoi anche smetterla con questa pantomima» mi disse con tono perentorio «nei tuoi occhi leggo preoccupazione, ansia, paura, ma non sorpresa. Ti sarai fatto mille domande per dare una spiegazione a quello che ti è successo, e scommetto che le tue conclusioni hanno preso tutte questa traiettoria.»
Indicò il disegno stilizzato di un UFO.
Rimasi impietrito. «Co... come? Ma cosa ne sa lei?»
«Dunque non ricordi cosa facevi a Varese? Non ricordi nemmeno di essere salito in macchina per dirigerti là?»
Non sapevo cosa rispondere. Cercai di concentrarmi il più possibile, ma in testa avevo soltanto il vuoto totale. «No... non ricordo nulla. Ero al computer a lavorare, poi mi telefonò Augusto Palanca. Gli dissi che dovevo andare a fare la spesa, e lui mi fece presente che erano le dieci di sera.»
«Dunque il lasso di tempo del Missing Time deve essere stato di parecchie ore.»
Sbiancai in volto. «Il... Missing Time? Ma allora...»
«Eh già. Inoltre, a un certo punto il GPS del tuo cellulare è come impazzito, ha iniziato a segnare centinaia di località diverse in pochi istanti, prima di spegnersi del tutto. Alquanto anomalo.»
L'atmosfera si stava facendo davvero pesante.

«Sempre negli orari precedenti e successivi, ci sono stati dei blackout totali nel tuo palazzo e nelle zone limitrofe, dalle testimonianze raccolte alcune persone avrebbero visto per alcuni istanti delle luci sopra al tetto.»

«Dove vuole andare a parare?» risposi scuotendo la testa «Non voglio sentire queste stupidaggini, non voglio...».

«Devi, invece. Perché sono convinto che tu abbia subito un'*abduction*.»

4.2

«Mettiti comodo» disse, invitandomi a sedere sulla sedia davanti alla scrivania «e lascia che ti racconti una storia.»
«La Lacerazione Temporale... il Missing Time... dimmi cosa ne sai.»
«Dammi un attimo e ti spiegherò tutto. Non sono sempre stato un pazzo solitario, fissato con questa roba.» Dunque, stava ammettendo di essere pazzo? No, proprio non mi piaceva la piega che stava prendendo quella storia.
«Prima ero una persona normale. Ero sposato, un tempo, e avevo un bambino. Luca, il mio Luca.»
Gli occhi azzurri dell'ispettore si rivolsero, malinconici, verso la foto del figlio.
«Una notte di febbraio, il diciassette febbraio precisamente, di cinque anni fa, è successo qualcosa. Da alcuni giorni Luca mi diceva cose strane, del tipo che sentiva dei ronzii, vedeva delle luci, si sentiva osservato. Da bravo padre premuroso e disponibile, bollavo questi racconti come fantasie da bambini e lo rimproveravo in malo modo quando diventava insistente, oltre a mollargli qualche sonoro ceffone.»
Si interruppe un attimo e fece un sospiro. Riuscivo a vedere con nitidezza il senso di colpa nella sua espressione.
«Quella notte andammo a dormire. Era un sabato. Mia moglie si trovava a Parigi per lavoro, faceva la cantante lirica. Misi a letto Luca come al solito incurante dei suoi

piagnistei e andai a dormire anch'io. Poi... ho dei ricordi. Non saprei spiegare, confusi, ma non troppo confusi. So che cosa ho visto, ma le immagini erano come... scomposte. Stavo a letto e ho visto una luce fortissima dalla finestra. Provai ad alzarmi, ma non ci riuscivo. Ero completamente immobilizzato. Per un istante ho avuto la vivida sensazione che ci fosse qualcuno in casa mia, ma non una presenza normale. Ero terrorizzato, davvero. Non era mai successo, nemmeno la prima volta che mi spararono addosso in servizio. Poi è svanito tutto e mi sono risvegliato la mattina piuttosto confuso. Guardai il letto... mi ero pisciato addosso. Prima di rendermi conto dell'assurdità della cosa, però, il pensiero corse a mio figlio. Scattai in piedi e andai in camera sua: non c'era. Da quel giorno non ho più avuto sue notizie.»

Mentre ascoltavo quel racconto, la circolazione sanguigna sembrava stesse pian piano rallentando. Una spiacevole sensazione di freddo, un freddo penetrante e maligno stava invadendo le mie membra.

«I giorni successivi furono un vero e proprio inferno. Ero venuto a sapere che due persone, due vicini di casa, avevano visto durante la notte delle luci particolari. Anche un articoletto sul giornale cittadino menzionava l'avvistamento di alcune luci anomale, sempre nella notte del rapimento, in vari punti di Monza. Iniziò la mia crociata personale per informarmi su quello che poteva essere successo: passai giornate intere davanti al PC a leggere articoli, notizie, guardare video; interrogai chiunque potesse aver visto qualcosa; cercai con insistenza di carpire quanti più elementi possibile; tentai in ogni modo di tenermi aggiornato sui progressi dell'indagine, da cui ero giocoforza escluso. Mia moglie non riusciva a darsi pace, mi affibbiò la colpa di tutto dicendo che avevo trascurato Luca. Arrivò sull'orlo di un esaurimento nervoso.» La contrazione dei muscoli del viso, il tono della sua voce, lo sguardo perso nel vuoto... stava rivivendo sensazioni molto intense. All'apparenza non si poteva avere alcun dubbio sulla veridicità del suo racconto, eppure...

«Dovetti sopportare l'umiliazione di essere indagato, come misura cautelare fui anche sospeso dal servizio; così, mentre mi dannavo l'anima in cerca di una spiegazione razionale, tutti gli amici e i conoscenti mi guardavano con sospetto, come se fossi stato io a rapirlo... inoltre, sebbene non avessi mai parlato esplicitamente di UFO e rapimenti alieni, visto che non ci credevo io per primo, le mie insistenze sulla ricostruzione della dinamica del rapimento e le domande che feci in giro mi fecero rischiare il Trattamento Sanitario Obbligatorio. Avevo tutti contro, ormai: amici, colleghi, mia moglie e la mia stessa psiche che non voleva ammettere l'evidenza.»

«Dev'essere stato tremendo...» gli dissi con tono compassionevole. Non sapevo il perché, ma in quel momento stavo provando una profonda empatia con l'ispettore.

«Molto di più. In casa ormai la situazione era diventata insostenibile, così ci separammo. Lei era di famiglia molto ricca, io non avevo nulla e dopo aver lasciato l'appartamento in centro sono venuto a vivere in questa catapecchia. Capii che l'unico modo per non perdere il lavoro era smetterla di picchiare il tasto sui miei sospetti... non essere creduti è una sensazione orribile, davvero. Dopo sei mesi il fascicolo su di me venne chiuso e, anche se le ricerche non si erano interrotte, la conclusione verso cui propendeva il GIP fu quella di allontanamento volontario. Non c'era alcun segno di scasso, le molte telecamere di sorveglianza del centro non avevano ripreso macchine o individui sospetti... anche se tra le 02:10 e le 02:47 di quella notte risultarono completamente disattivate. Tutte, nell'arco di quasi cinque chilometri quadrati.»

«Che cosa? Disattivate? Com'è possibile?»

«Non lo so... si parlò di un semplice malfunzionamento generale, un blackout. Strano, non trovi? Tutte coincidenze. Mio figlio di sette anni si sarebbe alzato di notte, avrebbe aperto la porta e se ne sarebbe andato non si sa dove, secondo loro, esattamente in quell'intervallo di tempo, così da non lasciare tracce sulle telecamere della zona.»

Paolo Marchi era un fiume in piena, riuscivo a intuire benissimo quanto gli fosse costato caro tenersi tutto dentro per lunghi anni e ora si stava sfogando a modo suo. Oltre ad Augusto Palanca, stavo diventando il confessore anche di uno sbirro.

«La mia vita, da allora, è cambiata in maniera drastica. Mantenendo una facciata esterna di normalità mi sono dedicato anima e corpo alla ricerca. Ho analizzato tutte le segnalazioni che arrivavano in centrale, tutti gli articoli degli anni passati, qualsiasi cosa. Tutto quello che vedi qui è il risultato del mio lavoro durante le notti insonni.»

«Segnalazioni in centrale? Davvero chiamano la polizia per riferire di luci e UFO?»

«Non hai idea di quante persone lo facciano. Sono quasi sempre cavolate o fraintendimenti di eventi naturali, ma un paio di volte penso che sia successo davvero qualcosa.»

«Mi dica una cosa» intervenni con tono deciso, stupendomi di ogni parola che sembrava uscire in automatico dalla bocca «lei, dunque, che spiegazione dà alla vicenda? Crede che suo figlio sia stato vittima di una abduction? Crede davvero che sia stato rapito dagli alieni?»

Lui prese fiato un istante, poi si schiarì la voce. «Il tuo tono denota un tentativo estremo di negare quello che, probabilmente, hai già capito da solo. È normale. Quando ti trovi di fronte a qualcosa di più grande, di molto più grande di te, la paura e lo spaesamento impongono alla tua psiche di cercare vie di fuga rassicuranti. Lo so benissimo. È quello che è successo a me. Nonostante tutto non volevo crederci, tutta questa roba era sempre stata bollata come stupidaggini. Ma dopo un po', dovetti arrendermi all'evidenza.»

«Io... io non so cosa stia succedendo, ma davvero, non credo a questa storia dei rapimenti. Non ci credo, mi dispiace.»

«Non *vuoi* crederci, caro Federico.»

Si avvicinò a una parete e mi fece un cenno. Concentrai lo sguardo sulla stampa di un disegno, rappresentante a prima vista un gruppo di antichi soldati, forse una legione, e alcuni strani oggetti nel cielo.

«Alessandro Magno e il suo esercito» disse l'ispettore «mentre attraversavano il fiume Jaxartes, in India, osservarono una serie di oggetti, descritti come grandi scudi scintillanti, fluttuare sopra di loro e sparire rapidamente. Siamo intorno al 300 a.C. o giù di lì.»

Mentre guardavo il disegno con aria stranita, lui mi indicò un'altra stampa, la pagina di un libro abbastanza vecchio, apparentemente in latino, sulla quale c'erano delle sottolineature.

«Questo è un passo del *De Divinatione* di Cicerone... riporta vari episodi anomali accaduti ai suoi tempi e letteralmente dice "Il sole splendette nella notte, con grandi rumori nel cielo. Il cielo stesso sembrava esplodere e stupefacenti sfere luminose vi apparvero."»

«Cicerone...»
«Sì, proprio quel Cicerone. Descrizioni simili inoltre si trovano anche nelle opere di Eschilo, di Tito Livio, di Senofonte... Seneca parla di immense *travi luminose* che comparivano misteriosamente nei cieli delle città antiche, stazionavano immobili anche per parecchi giorni e poi sparivano da un momento all'altro.»
Mentre parlava, indicò alcune foto stampate e attaccate al muro. Erano raffigurati, con una qualità mediamente bassa, oggetti affusolati a forma allungata, come dei sigari.
«A quei tempi di sicuro non c'era la televisione, i video, non c'era Youtube... non potevano certo essere influenzati da fattori estranei. Come te lo spieghi? Coincidenze?»
«Quindi mi stai dicendo che si trattava di UFO, immagino...»
Il mio tono sarcastico non sembrò irritarlo, forse non ero più credibile.
«Vuoi altri esempi? Ti potrei citare Giulio Ossequente, quarto secolo dopo Cristo.»
Mi indicò un'immagine sul muro che lo rappresentava.
«Dicono sia stato uno dei precursori degli indagatori dell'ignoto, in un certo senso. Nella sua opera, il *De Prodigiis*, commenta una serie di avvenimenti insoliti di cui si aveva memoria nel suo tempo. Poi guarda questo...»
Lo sbirro si mise a frugare un attimo in una pila di libri e ne tirò fuori uno avvolto da una pellicola grezza, come quelle da cucina. Aveva l'aria molto antica.
«Questo è stato recuperato in un'operazione di polizia, assieme a tantissimi altri libri antichi, quadri, sculture, dalla villa di un trafficante pronto a venderli sul mercato nero. Ho rischiato molto per averlo fatto sparire.»

Lo guardai stupefatto. «Mi sta dicendo che l'ha rubato dalla merce sequestrata?»

«È un annuario» proseguì senza rispondermi «precisamente del 1290, di un'abbazia benedettina che si trovava ad Amplefort, in Inghilterra. C'è scritto che dai primi giorni di marzo, un loro confratello aveva iniziato ad avere atteggiamenti bizzarri. Parlava di luci, presenze demoniache e cose del genere. Ogni tanto lo ritrovavano a vagare senza meta, disperso. L'abate non diede peso alle stranezze del frate fin quando un pomeriggio, mentre i monaci erano rintanati nella cappella per le preghiere, un gigantesco oggetto argenteo sorvolò l'abbazia. Tutti uscirono all'aperto per vedere quella manifestazione incredibile, colmi di terrore. Poi, quando il disco scomparve, si accorsero che anche il loro confratello era scomparso. Non solo: la meridiana segnava cinque ore più avanti dell'ora della preghiera durante la quale erano stati interrotti.»

Io rimasi sconvolto, sentii le gambe cedere e mi appoggiai al muro costellato di fotografie. Guardai la parte destra... c'erano foto di bambini, ragazzi, uomini di ogni età e colore.

«Sono le persone sparite in concomitanza con gli avvistamenti» rispose Marchi «tutte quelle a cui sono riuscito a risalire, per lo meno.»

«Che succede... che sta succedendo?» dissi disperato «Tu ne sai qualcosa?»

Stavo progressivamente abbassando le difese.

«Questa particolarità, questo non ricordarsi del tempo trascorso è il famoso Missing Time di cui parlavamo prima. Non ho la più pallida idea di come siano in grado di ottenerlo, se sia un'intrusione nel nostro continuum o altro.»

Il Missing Time... un'altra volta. Era come se nella mia mente si stessero scontrando una serie di treni ad altissima velocità, uno dopo l'altro.

«Di solito, la prima volta presuppone il primo rapimento reale, quello in cui viene introdotto il microimpianto.»

Mi venne un tuffo al cuore. «Il microimpianto?»

Tutte le mie paure si concretizzarono in un istante.

«Quel flusso di sangue dal naso non era normale. Ti è capitato altre volte, immagino.»

La mia faccia era eloquente.

Lui annuì in risposta. «Le volte successive capitano quando il microimpianto si attiva, presumo. In quei momenti vieni come telecomandato, non so se direttamente o tramite una sorta di programma pilota integrato nel congegno. Fai qualcosa, ma non ti ricordi nulla. Come nella giornata di ieri, a quanto pare.»

Iniziai a respirare forte. «Quindi... quindi io avrei quella cosa in testa?»

«A quanto pare sì. Me ne sono accorto quando ci siamo accidentalmente scontrati in ospedale» disse con tono enigmatico. Sentivo i battiti del mio cuore accelerare.

Da un cassetto della scrivania tirò fuori un cofanetto e lo aprì. Ne estrasse qualcosa avvolto in un piccolo telo di stoffa. Quando lo svolse si rivelò essere, all'apparenza, una pietra. Nerastra, irregolare, sembrava più un pezzo di carbone. Forse era una pietra lavica.

«Quella cosa sarebbe?»

Senza rispondermi e senza staccarmi gli occhi di dosso, me la mostrò per un istante, poi se la passò tutta attorno alla testa con movimenti circolari, sfiorandosi la pelle. Io non capivo assolutamente cosa stesse facendo. Dopo qualche secondo, mosse due passi verso di me e mi avvicinò la pietra alla tempia. Non intuii lo scopo di quel gesto fin quando, dopo circa un paio di secondi, iniziai a sentire un fischio. Dapprima un sibilo sordo, ovattato, che sembrò risuonarmi da qualche parte nel cervello. Era la stessa sensazione provata il giorno prima in ospedale. Poi, nel giro di pochi istanti, crebbe di intensità in maniera vorticosa fin quando non cacciai un urlo stridulo e balzai all'indietro. Guardai l'ispettore con aria furiosa mentre mi tenevo una mano sulla tempia... non avevo mai provato un dolore così acuto. Infine, il dolore fu sopraffatto dalla paura.

«Questa è una pietra che l'antica tribù degli Anasazi utilizzava per scacciare gli "spiriti dei viaggiatori", entità malvagie che, secondo la leggenda, facevano visita alle loro terre. Pochissimi conoscono l'esistenza di queste pietre e la loro strana caratteristica... sembrano in grado di interferire, in qualche modo, con i microimpianti.»

«Quindi... è vero? Ho in testa quella cosa?»

L'ispettore mi guardò con gli occhi luccicanti. Sembrava quasi felice di aver avuto conferma ai suoi sospetti.

Mi alzai di scatto e iniziai a camminare per la soffitta, mani sulla testa e respirazione affannosa. Ero in preda al terrore e alla confusione più nera, probabilmente avevo una robaccia aliena in testa... chi non lo sarebbe stato al mio posto?

«Quindi cosa mi succederà? Cosa devo fare adesso? Cazzo, cazzo, cazzo!» urlai disperato «Se c'è sul serio, devo farmela togliere! Devo farmi aprire la testa!»

«Non credo tu abbia nulla da temere. So che sembra strano» mi disse, cercando di parlare col tono di voce più calmo possibile «ma tu sei stato scelto. Sei una loro pedina, un mezzo per chissà quale scopo. Tutti gli addotti sembrano avere uno scopo. Quindi, almeno finché non avrai espletato la tua missione, stai tranquillo.»

Lo guardai come si guarda un pazzo furioso. «Tranquillo? Dovrei stare tranquillo? Tu sei fuori di testa! La mia mente si disconnette per ore in cui non so cosa cazzo combino... e mi dici di stare tranquillo? E che mi dici di quell'uomo conciato in quella maniera orrenda? La guardia del corpo di Palanca?»

«Quello è un fenomeno molto interessante...» rispose con estrema calma, mentre riponeva la pietra nel telo «lo chiamano MOMA, mutilazioni animali misteriose. La grande maggioranza dei casi si sono verificati intorno agli anni '60-'70 negli Stati Uniti e hanno riguardato per lo più animali, poche volte sono stati coinvolti esseri umani. Anche l'FBI aveva aperto dei fascicoli conclusisi in un nulla di fatto. Credo non lo sapremo mai fino in fondo, sarà uno dei loro divertimenti.»

«Divertimenti?»

«Loro giocano con noi» disse con un tono a metà tra l'allucinato e il rassegnato «fanno esperimenti di cui non possiamo capire la natura; dobbiamo prenderne atto. Siamo esseri inferiori e non potremo mai comprenderli.»

Non saprei descrivere le sensazioni che mi attanagliarono in quei momenti. Era un mix di paura, sconcerto, incredulità e disperazione. Non avevo idea di cosa fare nel futuro prossimo.

«Quindi dovrei starmene così, tranquillo e beato? Con un marchingegno alieno in testa?»

Iniziai a urlare e a strappare le foto dal muro come un ossesso. Paolo Marchi, strano a dirsi, mi lasciò sfogare senza muovere un dito. Dopo alcuni secondi di strazio mi accasciai col sedere sul pavimento e le mani tra i capelli, piangendo come un disperato.

«Cosa devo fare? Cosa devo fare!»

«Mentirei se ti dicessi che capisco come ti senti... dovrei avere un microimpianto in testa anch'io. E sono

sincero, non posso fare nulla per te. Però tu... tu una cosa per me puoi farla.»
Girai gli occhi arrossati verso di lui. Cosa diavolo poteva volere? Come poteva chiedermi qualcosa in un momento del genere?
«Una cosa per te?»
Mi si avvicinò chinandosi con un ginocchio sul pavimento. «Ascoltami» disse con un'espressione allucinata, spalancando gli occhi azzurri «il mio Missing Time è iniziato cinque anni fa, da quando è sparito Luca. Tuttora io non esisto. Quello che ti parla non è l'ispettore capo Marchi, è una sua brutta copia, le sue carni molli. La mia anima se la sono portata via con il mio bambino. Ma ora qui, con te, ho la possibilità di ritrovare me stesso e soprattutto lui.»
Non capivo nulla di quello che stava dicendo. «Cosa c'entro in tutto questo?»
«Tu... tu sei importante, almeno per loro. Non è importante il perché sia stato scelto o quale sia il compito o in che modo tu debba espletarlo. No, questi concetti non riusciremmo mai ad afferrarli. Ma insieme possiamo fare in modo di deviare il corso degli eventi, in modo da farli uscire allo scoperto. O almeno, provarci.»
Io storsi la faccia. Quello sproloquio mi suonava incomprensibile. I suoi occhi poi, quella luce nelle iridi, erano lo specchio della follia.
«Farli uscire allo scoperto? Che diavolo stai dicendo?»
«Ci blinderemo in una località sicura» mi confidò come se stesse svelando il piano per una rapina «in modo che tu, nonostante il Missing Time, non possa uscire e quindi assolvere ai tuoi compiti. Qualunque essi siano. In questo modo si faranno vedere. Ne sono sicuro. E allora...»
Mi indicò la pietra. «Allora li costringerò a restituirmi mio figlio.»

Mi guardò cercando un segno di approvazione, come se mi avesse appena rivelato un'idea geniale. Com'è ovvio, fui raggelato da tanta follia. «Cioè... tu vuoi incontrarli, rinchiudendomi da qualche parte, aspettarli e affrontarli con quella pietra?»
«All'incirca, sì. So che è un'idea molto rischiosa, però...»
«Molto rischiosa? Non potevi trovare eufemismo più sbagliato! Sei totalmente rincoglionito» gli gridai addosso «cosa pensi di fare con un sasso contro esseri che non riusciamo nemmeno a concepire?»
«Ho la sensazione che funzionerà» esclamò convinto «questa roccia deve avere delle proprietà che...»
«Non è possibile, non è possibile» sbottai rialzandomi, come se in un attimo quelle parole sconsiderate mi avessero fatto rinsavire «sei da ricovero. Avrebbero fatto benissimo a sottoporti al TSO. Vai a incontrare i tuoi alieni da solo, se ci tieni tanto. Ammesso che esistano, adesso inizio a dubitare di questa storia.»
«Come puoi dubitare!» mi urlò «È la realtà dei fatti e lo sai benissimo! Tutto ha avuto inizio da prima di conoscermi. Non mentire a te stesso!»
«Ispettore, ti saluto» risposi inviperito, dimenticando per un istante la questione del microimpianto «non farò parola di tutta questa squallida vicenda per non metterti in imbarazzo, ma non importunarmi più. E libera il povero Palanca che non c'entra nulla, ne sono sicuro.»
Mentre mi avvicinavo alla botola, pronto a scendere dalla mansarda, un click sospetto mi fece voltare. Marchi mi stava puntando contro la sua pistola con aria decisa.
«Forse non ci siamo capiti. Non te lo stavo chiedendo.»
Io rimasi interdetto. «Che diavolo stai facendo?»
I suoi occhi brillarono più di prima... in che guaio mi ero cacciato?

«Non mi lascerò sfuggire anche questa occasione, mi dispiace. La scorsa volta è andata male, ma ora non ripeterò lo stesso errore.»

«La scorsa volta?»

Col cuore in sussulto, cercai di raccogliere tutte le energie per riuscire a calmarmi e a prendere una decisione in tempi rapidissimi. Avevo una canna puntata addosso e l'individuo non sembrava avere l'aria di scherzare.

«Ascoltami, ti prego» gli dissi, alzando la mano aperta nella sua direzione «posa quella pistola. Lo so che non vuoi farmi del male.»

Feci un piccolo passo verso di lui, poi un altro. Mentre il mio cuore batteva all'impazzata, come ad ammonirmi della scelleratezza della mia azione, cercai di convincermi che non avrebbe sparato. Non poteva. Del resto era pur sempre un ufficiale di polizia, anche se fulminato... e poi da morto a cosa gli sarei servito?

«Cammina, scendi!» disse scocciato, prendendomi in controtempo e avanzando verso di me. Mi prese il maglione con la sinistra e me lo strattonò con forza, continuando a puntare l'arma. In quel momento ebbi una reazione d'istinto: mi voltai di scatto e gli afferrai l'avambraccio destro tirandolo verso il basso, cercando di togliergli la pistola. Feci male i miei conti. L'ispettore era più grosso e addestrato, mentre io latitavo in quanto a forza fisica. In pochi secondi riuscì a liberarsi. Intravidi solo un suo movimento rapidissimo col braccio, poi tutto si oscurò.

5
L'incontro

5.1

Mi risvegliai a fatica. La testa pulsava all'altezza della tempia con un'intensità incalcolabile. Riuscivo a tenere gli occhi aperti solo a sprazzi, digrignando i denti dal dolore. Non avevo un ricordo chiaro dell'accaduto, ma era palese che il mio tentativo di disarmarlo fosse fallito miseramente.
Dopo qualche secondo di appannamento ebbi modo di rendermi conto della situazione. Ero seduto su una vecchia sedia di legno, mani legate dietro la schiena e piedi incrociati in modo da non potermi alzare. In che cazzo di casino mi ero ficcato? Provai a dare qualche strattone d'istinto, ma i legacci erano robusti e ben annodati. Ci sapeva fare quello stronzo.
Mi trovavo all'apparenza in una cantina o un piccolo magazzino. Doveva essere piuttosto vecchio, viste le condizioni delle travi del soffitto. A terra non c'era una pavimentazione ma solo polvere e sassi, e a qualche metro da me una torcia al neon, unica fonte di illuminazione nella stanza. In fondo intravedevo una scala di legno con una porta in cima: l'uscita, una meta al momento impossibile da raggiungere. Intorno a me era pieno di scatole e scatoloni di cui ignoravo il contenuto, alcuni all'apparenza vuoti. Ai lati della stanza c'erano due grossi scaffali sui ripiani dei quali era ammassata, in maniera molto confusa, una enorme quantità di scatolame: tonno, fagioli, legumi vari, funghi, verdure sott'olio e molto altro ancora, insieme a pile elettriche di varie dimensioni e strumenti per il fai-da-te di ogni genere. Sembrava di essere in una specie di bunker...
"*Ma dove cazzo mi ha portato questo invasato?*"

Complice il mal di testa lancinante facevo fatica a formulare ipotesi coerenti, ma di una cosa ero certo oltre ogni ragionevole dubbio: lo sbirro era uno psicolabile.

Forse era stato il rapimento del figlio a fargli perdere il senno; in effetti si tratta di una circostanza nei confronti della quale il cervello umano non ha schermature, un imprevisto limite capace di spiazzare anche il più sicuro degli uomini. Ben diverso dalla perdita di un genitore, che pure avevo sperimentato in tenera età, quando mio padre morì di tumore.

Se ci fosse stato Augusto, avrei potuto chiedergli un consulto. Dopotutto, quel tipo di approccio e quelle nozioni di psicologia erano un suo lascito delle ultime settimane. Pensai a come un individuo della sua risma potesse cavarsela in un carcere... e non raggiunsi conclusioni piacevoli.

Nel magazzino barra sottoscala barra bunker notai un'altra cosa: in fondo, proprio accanto alla scala, c'era una scrivania con sopra un portatile. Si era proprio organizzato.

Dopo quei momenti di osservazione, pensai che era giunto il momento di cercare un modo per andarmene. In fondo, sugli scaffali facevano bella presenza di sé seghe, taglierini e coltelli. Erano lì, a pochi metri da me. L'unico problema era raggiungerli.

Pensai a come aggirare il piccolo handicap di trovarmi totalmente bloccato su una sedia. Alzarmi no di certo, coi piedi incrociati non avrei fatto nemmeno un passo. Pensai allora di puntarli in basso e cercare di far leva con qualche spinta laterale, trascinando i piedi della sedia. Più facile a dirsi che a farsi. I miei tentativi riuscirono a farmi spostare di pochissimi centimetri, fin quando un piccolo avvallamento del terreno non fece impuntare una gamba della sedia. Prima ancora di terminare la bestemmia avevo già sbattuto con violenza il gomito e la spalla destra a terra. Urlai come un disperato, convinto di essermi rotto qualcosa. Mi ritrovai sdraiato di lato, immobile e impotente. Me l'ero cercata. Per un tempo incalcolabile mi dimenai come un verme, più per rabbia che per una vera speranza di rialzarmi. Poi udii un rumore di passi. La porta in cima alle scale si aprì ed entrò lui, il maledetto.

«Ecco, lo sapevo. Avrei dovuto metterti sdraiato» mi canzonò con aria divertita mentre scendeva gli scalini, facendoli scricchiolare sotto il suo peso. Non venne subito a rialzarmi ma si diresse verso il computer, accendendolo. Poi si tolse i grossi guanti da lavoro e sedette alla postazione.

«Sono stato a nascondere le nostre tracce, per quello che può servire. Dubito ci troveranno mai.»

«Liberami, bastardo!» gli urlai contro da terra «Ma che cazzo ti è saltato in mente?»

«Stai tranquillo, su. Non serve urlare. Pensi che ci possa sentire qualcuno?» mi sbeffeggiò, comodamente spaparanzato sulla sedia, mentre la schermata di Windows si caricava «Siamo in una vecchia cascina nella bergamasca. La prima casa abitata dista una decina di chilometri.»

«Perché mi hai portato qui?» chiesi allibito «Si può sapere che cazzo ti è saltato in testa?»

«Te l'ho già spiegato, ragazzo mio. Qui staremo tranquilli, senza rotture di scatole. Aspetteremo che i tuoi burattinai ci facciano visita, che vengano a prelevare il loro pupazzetto.»

«Ah sì? Ti hanno dato appuntamento?»

«Possono venire quando vogliono. Domani o fra un anno, non fa differenza. Abbiamo cibo a volontà... abbiamo anche internet, guarda!» e mi mostrò un modem mentre lampeggiava, con un'aria trionfale «Sul tetto c'è un'antenna, ben nascosta, collegata a un cavo coassiale. In questo modo posso collegarmi a una qualunque connessione non protetta nel giro di 20 chilometri e navigare in internet con l'IP del proprietario del modem, il tutto a sua insaputa. Ho studiato parecchio la faccenda, non credere che abbia trascurato anche il minimo dettaglio.»

Aveva il piglio di un professore di informatica e mi spaventò quanto fosse gelido nella sua spiegazione. «Se qualcuno volesse rintracciarci, riuscirebbe ad arrivare solo alla locazione dell'utente a cui sto rubando la connessione. In più basta qualche salto sui proxy-server e il gioco è fatto. Siamo introvabili. Giusto la CIA potrebbe localizzarci, forse.»

«Tu non sei normale...»

«No, certo. Me ne rendo conto. Come potrei, del resto? Tu non hai passato quello che ho passato io, non puoi capirmi.»

Digrignai i denti, scordandomi per un istante del dolore alla spalla. «Sostieni che sia stato rapito da un UFO e che gli alieni mi abbiano impiantato una qualche schifezza nel cervello... direi che non sono messo bene neanch'io!»

Mi ignorò smanettando per qualche secondo sul PC, poi si alzò. Dalla mia visuale di traverso lo osservai mentre si avvicinava a uno degli scaffali, battendo l'indice contro uno scatolone. Lo prese e lo tirò giù, estraendo alcune armi d'assalto e mostrandomele con aria soddisfatta. «Coltivare certe amicizie è servito... guarda quanti giocattolini fatti sparire dalla merce confiscata.»

Mentre lui si gingillava con i kalashnikov, io ero ancora lì per terra sul fianco, con il braccio che mi faceva un male dell'anima. «Mi vuoi tirare su, porca puttana?»

«E va bene, va bene. Basta lagnarsi, però. E promettimi che farai il bravo.»

«Vaffanculo!»
«Lo prendo come un sì» mi schernì ridacchiando. Dopo aver posato le armi si avvicinò a me e mi prese per il braccio sinistro, tirandomi su con facilità. Ero di nuovo nella situazione di partenza.
«Non potresti liberarmi?»
«Certo che potrei, ragazzo mio. Ma chi mi garantisce che tu non faccia qualche imprudenza? Non vorrei mai che...»
Quell'aria odiosa, il dolore al braccio, l'inconcepibilità della situazione... tutto assieme si era mischiato in un cocktail di rabbia esplosivo. Non sopportavo di vedere quelle labbra muoversi né il suono della sua voce, così gli piantai uno sputo in piena faccia mentre stava ancora parlando.
Lui si interruppe e si ripulì con le dita, annuendo. Poi mi guardò con un sospiro e un mezzo sorriso. Andò alla scrivania e tirò fuori da un cassetto il portagioie con dentro la pietra scura.
Mi venne un colpo al cuore. «Ehi fermo, che vuoi fare con quella roba?»
«Non ti preoccupare, non ce l'ho con te per lo sputo» rispose ghignando con aria sinistra «è solo un incentivo per i tuoi amici... non ne sono sicuro, ma penso che saranno più motivati nel raggiungerti sentendo delle interferenze con i loro congegni. Sempre che le mie teorie siano corrette.»
Si avvicinò con quella pietra in mano, mentre io mi dimenavo come un ossesso, inutilmente. Muovevo la testa in maniera febbrile, ma lui l'afferrò con una mano e mi avvicinò la pietra con l'altra. Tempo un paio di secondi e tornò la fitta fortissima accompagnata da quel suono allucinante. A nulla serviva urlare e agitarmi, non mollò. Mi rimase attaccato per parecchi secondi, mentre ero

diventato bordeaux e sentivo le vene sul punto di esplodere, poi la rimise a posto. Respiravo a fatica, con la testa rivolta verso il basso e i conati di vomito, anche se non rigettai nulla.
La situazione era sconvolgente. Mi trovavo in compagnia di un folle che aveva architettato un progetto assurdo, basato su supposizioni e veri e propri deliri. La cosa più incredibile era la sua sicurezza estrema nella riuscita... era davvero convinto che gli alieni sarebbero venuti a prendermi.
«E tu» gli chiesi, facendomi coraggio «posto che venissero sul serio, li vorresti davvero affrontare? Ti sei bevuto il cervello?»
«Io voglio solo sapere dov'è mio figlio!» tuonò, improvvisamente alterato «Era la mia vita e loro me l'hanno portato via! E se non dovessi avere risposta farò in modo di privarli di qualcosa di loro. Come successe con *Alfredo Malerba*, il derelitto che ho portato qua prima di te. A proposito, è sepolto proprio sotto la tua sedia.»
Un moto di ribrezzo mi prese d'istinto. Guardai in basso e vidi, sotto i piedi della sedia, dei punti effettivamente irregolari, come se il terreno fosse stato smosso.
«Quindi hai già rapito una persona?» chiesi allibito «E cos'è successo? Lo hai ucciso?»
«In realtà è stato un incidente. Vedi quelle catene?»
Mi fece cenno di guardare alle mie spalle. Io girai la testa per quanto possibile nella mia condizione, e vidi in effetti una catena attaccata al muro, come quelle delle antiche prigioni.
«Lo tenevo legato lì. Ci andrai anche tu, se farai il bravo, così potrai muoverti un po' meglio. Comunque, mentre mi trovavo al piano superiore per controllare la situazione, quel bastardo si è liberato... a quanto pare

avevo fatto cadere la chiave della catena inavvertitamente, forse mentre gli portavo un pasto, e lui è stato molto abile a sfruttare l'occasione. Quando sono sceso aveva appena imbracciato un UZI e mi sventagliò una raffica addosso. Per sua sfortuna non sapeva sparare e il rinculo fece rimbalzare i proiettili in tutta la stanza, giusto uno mi colpì di striscio a un braccio. Io invece estrassi la pistola e fui più preciso. Un vero peccato.»

Avevo letto svariate volte di come i serial killer riuscissero a celare i loro istinti deviati dietro una facciata in apparenza normale e rispettabile, ma in quel momento ne ebbi la certezza dal vivo. L'ispettore di polizia che in realtà è un pazzo omicida... non era proprio un cliché, ma nemmeno troppo originale. Comunque, da lì in poi la paura per la mia incolumità divenne una certezza. Stavo davvero rischiando la vita e dovevo pesare attentamente ogni parola.

«Posso dirti di fermarti un secondo a pensare a quello che stai facendo?»

«Lo so benissimo, come conosco le tue preoccupazioni in questo momento. Fidati, ti dico: sono molto più in pericolo io di quanto non lo sia tu. Tu sei una loro pedina, io li sto sfidando.»

«Sfidando? Ammesso che sia tutto vero, come potresti parlare di *sfida* contro entità di questo livello? Una formica può sfidare un uomo?»

«So benissimo che tutto questo può sembrarti surreale» continuò senza batter ciglio «pensa pure che io sia pazzo. Ho paura, una paura fottuta. Ma non posso fare altrimenti... non posso non credere che mio figlio, in un modo o nell'altro, sia ancora vivo. È l'unica cosa che mi impedisce di puntarmi la pistola alla tempia.»

«Sarebbe meglio se non mi coinvolgessi in tutto questo...»

Senza replicare mi diede le spalle e si incamminò verso il computer.
«Diamo un'occhiata a...»
Fu un attimo. Percepii una sensazione opprimente, qualcosa nell'aria sembrava turbarmi.
Poi successe l'incredibile.
Ricordo di aver sentito un flebile fischio, di cui lui sembrò non accorgersi. Passarono pochi secondi e la porta di legno della cantina iniziò a tremolare.
«Che sta succedendo?» gridai terrorizzato.
Una luce iniziò a penetrare dalle fenditure della porta. L'ispettore si alzò di scatto dalla sua postazione. Osservai la sua bocca inarcarsi in un sorriso di gioia.
«Stanno arrivando! stanno arrivando! Non pensavo sarebbero venuti così in fretta!»
In quel momento provai la paura più grande della mia vita. Non posso descriverla a parole, mi sentivo più sperduto di un bambino in mezzo all'oceano.
«Liberami, cazzo!» urlai come un ossesso, agitandomi sulla sedia e cercando di divincolarmi dalle corde fino a scorticarmi la pelle delle braccia. Lui invece tirò fuori quella particolare pietra nera con l'intenzione di puntarmela alla testa, come promesso.
Non fece in tempo ad attuare il suo piano. Dopo un paio di passi nella mia direzione, vidi il suo corpo bloccarsi. Non capii quello che stava succedendo, ma dalla sua faccia era lampante che qualcosa lo tratteneva contro la sua volontà: non riusciva a muoversi né a parlare, emetteva solo un mugugno strozzato.
La luce nella stanza divenne sempre più forte, tanto che faticai a tenere gli occhi aperti. Ricordo benissimo però di averlo visto staccarsi lentamente dal suolo, come agganciato a un argano. Ricordo i suoi occhi spalancati, colmi di terrore, che dopo qualche secondo si strapparono

dalle orbite come estratti da mani invisibili. Ricordo l'assenza di sangue, mentre la luce aumentava ancora d'intensità e i suoi mugugni affievolirsi sempre più mentre anche il labbro superiore si strappava come la cotenna di un salume.

Poi più nulla.

Epilogo – parte 1°

«Dunque, hai perso i sensi. E al tuo risveglio ti sei trovato qui.»
La donna col camice bianco era seduta di fronte a lui. Tentennava con la penna sopra una cartelletta rigida mentre prendeva appunti e ogni tanto mandava indietro i lunghi capelli castani che le finivano davanti agli occhi.
«Quindi, Federico, tu hai bene impresso l'inizio del processo di mutilazione dell'ispettore capo Marchi, ma non hai propriamente visto questi... alieni, giusto?»
Il ragazzo scrollò le spalle. «Se lei intende gli omini verdi con gli occhioni neri no, non li ho visti. Io so quello che ho visto, ed è quello che le ho raccontato finora. Mentre stavo osservando quello spettacolo orribile a un certo punto ho perso i sensi. E mi sono risvegliato qui, stamattina. Certo, se lei ha una spiegazione migliore, sono tutto orecchi, dottoressa...?»
«Chilleri. Melissa Chilleri. In effetti, credo proprio di avercela» rispose lei, fissandolo negli occhi «riesci a intuire dove ti trovi, Federico?»
Lui le lanciò uno sguardo sarcastico, facendo scendere subito dopo le pupille sull'abbondante seno a mala pena contenuto dai bottoni del camice. «Vediamo... stanza all'apparenza asettica, un letto e un'asta per le flebo, una dottoressa con camice bianco e io con addosso questa specie di grembiule: non sarà un ospedale? Senza nemmeno una finestra, però. Particolare strano.»
«Hai ragione, è un ospedale. Ma un ospedale un po' speciale...»
Passò alcuni secondi in silenzio, attonito. «Non mi dirà che questo è...»

«Un ospedale psichiatrico, sì. O meglio, un OPG, un ospedale psichiatrico giudiziario. E tu per ora sei in isolamento.»
«No no, fatemi capire un attimo. Voi pensate che io sia pazzo? Anzi, un pazzo omicida! E chi avrei ucciso, di grazia?»
«A quanto sembra, Augusto Palanca.»
Aprì la bocca per replicare, ma non gli uscì alcun suono. Fissò il vuoto per alcuni istanti. Poi, mosse la mascella un paio di volte prima di riuscire a parlare.
«Palanca è morto?»
«Non ti ricordi?»
«No, no... un attimo! Come e quando sarebbe morto? Non sono stato io! E poi come mai» disse in un momento di intuizione «mi trovo in un ospedale psichiatrico e non in galera? Cos'è, mi avete bollato come malato di mente sulla fiducia?»
Melissa Chilleri scosse la testa. «Non è la prima volta che parliamo, purtroppo. Sei qui da quasi un mese.»
Il ragazzo spalancò gli occhi. «Sta scherzando, vero?»
La dottoressa scosse la testa, fissandolo. «Sei sicuro di chiamarti Federico?»
A quella domanda ebbe in risposta dal suo paziente solo uno sguardo da ebete. «No, voi siete totalmente fuori di testa. Davvero. Io... io, cioè, non ho parole...»
«Torniamo per un attimo indietro nel tuo racconto. Esattamente a quando hai detto di essere andato a trovare Giovanni Melli all'ospedale di Monza.»
«Sì.»
«Come facevi a sapere con esattezza il reparto e la camera dove era ricoverato? Non mi hai detto di aver chiesto a qualcuno.»
Il ragazzo si zittì per alcuni istanti. «Può darsi che, non so, magari ho chiesto a qualcuno e non ricordo.»

«Hai detto di aver notato un particolare, il suo orecchio col padiglione deturpato. Esatto? Adesso toccati l'orecchio destro.»

Preoccupato, il ragazzo avvicinò la mano tremante all'orecchio. Lo sfiorò con delicatezza, e sentì delle increspature innaturali. Spaventato, con l'altra mano si toccò l'altro orecchio per sentire la differenza. La sua faccia sbiancò.

«Si può sapere che succede?»

«Non ci arrivi? Giovanni Melli sei tu. Federico Bonfanti non esiste.»

Il ragazzo non replicò, guardando la donna con la bocca spalancata.

«Sei stato ricoverato al San Gerardo di Monza due mesi fa, dopo aver partecipato a una seduta del professor Augusto Palanca. Sei arrivato il pomeriggio in stato confusionale, con perdite di sangue dal naso. Ti hanno ricoverato nella stanza 17, ti hanno fatto una TAC e hanno scoperto una cospicua emorragia cerebrale in atto. Per questo nel tuo racconto ti sei ricordato della stanza: era la tua.»

«Non è possibile...»

«Ti hanno operato. L'intervento sembrava riuscito, sei rimasto in ospedale due settimane per accertamenti e poi sei stato rimandato a casa. A quel punto è successo qualcosa, poiché ti hanno ritrovato a casa di Augusto Palanca, con un coltello in mano e il suo cadavere a terra.»

Giovanni si alzò in piedi di scatto. «Che cosa? Io avrei ucciso Palanca?»

«Il suo cadavere aveva gli occhi cavati, le labbra staccate e gli organi interni tutti sparpagliati sul pavimento.»

«Cosa? Quella è la metodologia aliena!» strillò con enfasi «Le mutilazioni sono proprio così!»

«No, Giovanni. Erano visibilmente fatte con un coltello da cucina. Ho visto anche le foto. E inoltre il suo cadavere era immerso in una pozza di sangue, cosa che nelle presunte "mutilazioni" a cui ti riferisci, è del tutto assente. Quella violenza è opera umana.»
«No!»
«Calmati, Giovanni. Sto cercando di aiutarti» disse la dottoressa «hai parlato spesso di movimenti in macchina, ma tu non hai la patente. Ti muovevi sempre in bici, una bici a scatto fisso rossa. Singolare la tua continua dimenticanza delle chiavi di accensione, come mi hai raccontato. Questo particolare non l'avevi mai accennato finora. Forse un allarme psicologico, la tua mente che sta cercando di ritrovare se stessa.»
«Io non ho...»
«E non è possibile che tu abbia avuto le vertigini a casa dell'ispettore, che oltretutto vive in un appartamento in centro» continuò la dottoressa «visto che pratichi arrampicata sportiva. Non credo che possa esistere un arrampicatore con le vertigini. La polizia ha detto che eri in stato di incoscienza quando ti hanno arrestato... a essere precisi, il rapporto è stato redatto proprio dall'ispettore Marchi, che ti ha visto in quell'unica occasione e no, non è stato ucciso dagli alieni. È vivo e vegeto. Dal tuo racconto si sarebbe trovato quasi in contemporanea in ospedale e nel Palazzo di Giustizia, come se avesse percorso i tuoi stessi passi. Non credi sia una circostanza un po' strana?»
«Non può essere vero...»
«Io voglio aiutarti a ricordare... quando ci sarà il processo, dovremo motivare la tua infermità mentale con precisione. È un mese che facciamo ogni giorno questo discorso e tu sembri resettare tutto dopo ogni notte.

L'abbiamo fatto anche ieri, e il giorno prima ancora. Ma ogni volta aggiungi qualche particolare.»

Il ragazzo si alzò in piedi, barcollando. «No, no... voi mi state facendo qualcosa; non è così, non è come dici tu!»

La dottoressa, con la massima calma, tirò fuori dalla borsetta un piccolo registratore e schiacciò play, tenendolo in mano verso Giovanni.

«Dottoressa Chilleri, inizio della sessione numero tre. Dunque, partiamo dall'inizio. Come è cominciata questa storia? Quali sono i tuoi ricordi?»
«A casa mia... avvertii l'inconfondibile odore di caffè bruciato. Per l'ennesima volta, realizzai di aver dimenticato di mettere l'acqua nella moka. Non era una novità, anzi! Se avessi avuto un solo...»

La dottoressa dopo alcuni secondi di racconto interruppe la registrazione, continuando a fissare il suo assistito.

«Ma, ma» incespicava scuotendo la testa «tutto questo è assurdo... assurdo!»

«La nostra ipotesi, anche dopo il consulto con alcuni neurochirurghi, è che l'emorragia abbia provocato delle microlesioni, non tracciabili con la risonanza magnetica, in qualche punto particolare del cervello. Il tuo è un caso molto anomalo, non avevamo mai visto una cosa del genere. Da quando sei qui, non hai mai dimostrato deficit cognitivi né comportamenti psicotici. Anche adesso stai avendo una reazione psicologicamente comprensibile e misurata. Il tuo avvocato vuole richiedere l'infermità totale di intendere e volere, in modo da salvarti dal carcere, ma dobbiamo portare in tribunale delle prove convincenti.»

Si aggirò per la stanza.
«Per ora abbiamo terminato. Tra poco ti porteranno da mangiare, ci rivedremo nel pomeriggio.»
La dottoressa aprì la pesante porta blindata e la richiuse dietro di sé, lasciando nella stanza un rattristito Giovanni con la testa tra le mani.
Diede uno sguardo al numero 17 che campeggiava in alto, inciso nel metallo. Fece un mezzo sorriso e si allontanò.

Epilogo – parte 2°

Il rumore dei tacchi rimbombava nel corridoio immerso in un silenzio irreale. Le pareti della struttura, in quel materiale simile al polistirolo, le davano sempre l'impressione di essere sul punto di sgretolarsi da un momento all'altro, sebbene le avessero spiegato che si trattava di un polimero di nuova concezione, atto a garantire un elevato isolamento termico. Ormai era quasi un mese che le vedeva quotidianamente, ma non riusciva ad abituarcisi.

Arrivata davanti a una porta di sicurezza, posò il palmo a destra su un piccolo schermo di vetro. Dopo un flebile click le due aperture si ritirarono, anch'esse senza emettere il minimo rumore, come se scorressero sollevate dal pavimento.

Notò con sorpresa che la mano le tremava leggermente. Doveva sforzarsi di contenere l'agitazione per il suo appuntamento, ma non era cosa facile. Da quando si era trasferita nell'installazione, di *lui* non si era vista nemmeno l'ombra. Ogni tre giorni la dottoressa gli recapitava via intranet un report dettagliato del suo lavoro, ma niente di più. Faceva così con tutti, non era un tipo avvezzo al contatto umano e preferiva seguire i progressi delle sperimentazioni nel chiuso della sua misteriosa postazione. Ben pochi avevano potuto incontrarlo.

Trasse un lungo respiro, cercando di darsi un contegno, quando le si parò davanti una sagoma umana. Indossava come lei un camice da medico, un paio di occhiali dalle lenti circolari si appoggiavano sul naso imponente e la sua

bocca era inarcata in un sorriso a forma di V. I capelli, lunghi fino alle spalle, erano neri e unti, trascurati come la barba incolta.
«Ma buongiorno, dottoressa Chilleri!» esclamò con voce serpentina.
«Dottor Cooper... buongiorno a lei.»
«Ho saputo che è stata convocata dal *Generale*, molto bene! Ma la prego, prima prendiamo un caffè alla macchinetta.»
«Veramente, io dovrei...»
«Oh, no no, il suo appuntamento è fra 14 minuti esatti. Fa assolutamente in tempo.»
La dottoressa non conosceva persone che la infastidissero più del dottor Cooper: la sua sfacciataggine, il suo impicciarsi sempre degli affari altrui, la forfora perenne che gli innevava il colletto, l'odore costante di medicinali misto alla scarsa igiene personale. D'altro canto, sapeva bene di avere davanti la mente più geniale tra tutti gli scienziati dell'installazione, una sorta di Leonardo da Vinci moderno scoperto dal Generale in persona in circostanze misteriose, esperto in nanotecnologie, fisico, neurobiologo e molto altro ancora. Sia per il suo grado di primo responsabile di ricerca che per la maggiore anzianità all'interno della struttura, gli era dovuta una abbondante dose di rispetto e considerazione che altrimenti non avrebbe ottenuto in nessun altro contesto.
«D'accordo, dottor Cooper. Prendiamoci questo caffè.»
I due si avviarono alla macchinetta che distava solo pochi metri.
«Non abbiamo mai avuto modo di fare due chiacchiere in tranquillità da quando si trova nell'installazione, dottoressa. Sono piuttosto curioso di conoscere le circostanze del suo arrivo. So che lei lavorava nei

laboratori dell'Area 51, cosa l'ha portata a passare dal deserto del Nevada a una base situata a tremila metri di profondità nel sottosuolo dell'Antartide?»

«Le stesse ragioni che mi hanno portata, quattro anni fa, a lasciare la mia Firenze» rispose la dottoressa, senza guardarlo negli occhi «per collaborare con l'FBI, e poi da lì all'Area 51 su convocazione speciale, dove ho conosciuto il mondo degli addotti e iniziato le sperimentazioni. Un'irrefrenabile voglia di conoscere e di vedere cose che quasi nessuno sul pianeta vedrà mai, sondare misteri impensabili e poter contare su tecnologia avanzatissima. Per queste conoscenze si può tranquillamente soprassedere sul pessimo clima, l'isolamento e magari qualche compagnia sgradita.»

La frecciatina venne accolta dal dottor Cooper con un sorrisino e un cenno del capo. «Dottoressa, so che il soggetto 1055, *Alfredo Malerba*, è il primo, tra i pazienti sopravvissuti all'estrazione di un microimpianto, ad aver conservato la capacità di comunicare. È stato affidato a lei, ma io non nutro rancore per questo, sia chiaro. Certo un evento del genere, in un universo parallelo che tenesse conto degli ordini naturali di priorità, magari non si sarebbe verificato.»

La sua voce ebbe un repentino innalzamento, ma un provvidenziale sospiro riuscì a placarlo in tempo prima di dire qualche sciocchezza.

«Le ricordo, dottor Cooper, senza nulla togliere alla sua professionalità e competenza, che io sono stata convocata appositamente per questo» puntualizzò la dottoressa, tentando di dissimulare una smorfia di derisione dietro il bicchierino di plastica «il mio approccio è stato ritenuto più consono al trattamento del soggetto. Nessun problema, mi auguro.»

Il dottore si grattò la barba ispida per qualche istante, poi deglutì il caffè rimasto. «No, nessun problema. E mi dica, come sta procedendo?»

«Bene, direi, anche se forse è prematuro. Come lei sa, i suoi ricordi originali si sono totalmente annullati, mentre la mente risulta essere una paradossale intersezione dei ricordi del soggetto 899, Federico Bonfanti, e del soggetto 1002, Giovanni Melli, entrambi alloggiati in precedenza nella stessa stanza. Li aveva operati lei, vero?»

«Sì...» rispose il dottore con una smorfia «morti durante l'estrazione. Bah.»

«Alfredo Malerba riporta per filo e per segno alcuni episodi dell'esperienza del soggetto 899 e del soggetto 1002 come se li avesse vissuti in prima persona. Dalle testimonianze raccolte durante gli interrogatori preliminari non c'è un solo dettaglio che non trovi corrispondenza. Ogni notte dimentica il discorso del giorno precedente e a giornate alterne il suo punto di vista diventa quello di Bonfanti o di Melli, facendo confluire nell'uno dettagli della vita dell'altro.»

«Affascinante, davvero affascinante...» borbottò il dottore indispettito.

«Il nostro obiettivo, come con gli altri addotti, è quello di stabilire con chiarezza gli avvenimenti che occorrono durante i *Missing Time* e comprendere lo scopo di ognuno di loro. Obiettivo che finora ci era totalmente precluso: le sedute di ipnosi regressiva e le tecniche per scandagliare il subconscio hanno trovato uno strato impenetrabile di falsi ricordi indotti. Mi riferisco ai soliti esseri grigi, rettiliformi o insettoidi che compiono improbabili esperimenti, lasciano cicatrici sui corpi, addirittura tentano di creare ibridi umano-alieni.»

Il dottor Cooper si accalorò. «Hanno instaurato una coscienza collettiva ridicola, uno schermo di protezione perfetto che non va a ledere le sinapsi, costruita sull'immaginario comune dell'extraterrestre. Gli addotti sono davvero convinti di avere spezzoni di ricordi di queste scempiaggini... chiunque siano i manovratori, sono davvero mirabili. Ciò non toglie che, con le mie tecniche sperimentali, forse avrei potuto già penetrare nella mente del soggetto... ma non divaghiamo, vada avanti.»

«Io sto vagliando...» riprese la dottoressa dopo qualche secondo di silenzio in cui stava per andarsene, onde evitare di prenderlo a male parole «le diverse risposte cerebrali delle due identità, cercando di separarle e collocarle nei rispettivi ambiti. In pratica un giorno prediligo tutti i ricordi di Federico Bonfanti, separandoli dal resto, e lo convinco della sua identità; il giorno successivo faccio l'inverso, facendogli credere di essere Giovanni Melli. Isolando l'elemento alieno da entrambi i ricordi credo di poter creare una zona conflittuale all'interno del suo subconscio su cui lavorare successivamente, in modo da rendere più semplice la rimozione del blocco e l'estrapolazione di ciò che stiamo cercando. Il tutto monitorando costantemente il tracciato neurale del soggetto. Lo so, si tratta di un lavoro lungo, delicato e rischioso per la sua psiche, ma sono convinta darà i suoi frutti.»

Il dottor Cooper inarcò le labbra. «Notevole. Certo, un approccio molto diverso da quello che avrei utilizzato io, ma devo dire che ha una sua logica. Si è fatta un'idea, invece, di cosa possa aver scatenato questa situazione anomala?»

«Posso solo ipotizzare, per quanto riguarda la cancellazione dei suoi ricordi, una sorta di meccanismo di difesa finale del microimpianto in caso di rimozione. Va considerata anche la risonanza rilasciata dagli addotti precedenti, che ha interferito con la sua psiche... credo

che tutti i microimpianti siano in qualche modo collegati, tramite forse una gamma di onde non rilevabili da noi: questi collegamenti sono stati probabilmente alterati dall'abbondanza di *Xiniolite*.»
«Considerazioni condivisibili, anche se un po' ovvie.»
«Ora dovrei andare, dottore» disse Melissa «il Generale mi starà aspettando.»
Il dottore annuì e la osservò da dietro le lenti mentre si incamminava verso la fine del corridoio, dove si trovava un ascensore con due soldati impettiti ad attenderla. Nel momento in cui le porte si richiusero, digrignò i denti e si guardò intorno rabbioso; infine se la prese con l'unica cosa lì presente, il povero distributore del caffè, assestandogli due calci sgraziati.

La discesa durò dieci minuti circa, fino a raggiungere il quarto e ultimo livello.
Mentre i due uomini rimanevano impassibili, la dottoressa dava qualche segno di nervosismo toccandosi varie volte i capelli. Il caffè e la sgradevole compagnia del dottor Cooper non l'avevano certo aiutata a rilassarsi. Non voleva in alcun modo commettere gaffe o dare una cattiva impressione di sé al Generale, e al contempo si domandava quale fosse lo scopo della chiamata.
All'apertura dell'ascensore, si ritrovarono in una stanza esagonale con una seconda porta di fronte. Dopo un istante comparvero tre cerchi rossi sul pavimento.
«Si metta lì sopra» disse un soldato alla dottoressa indicando il cerchio centrale «e rimanga immobile.»
Melissa fece come indicato, un po' titubante, e i due soldati presero posizione sui cerchi laterali. Un improvviso lampo verdognolo illuminò la stanza e la porta

davanti a loro si aprì. I soldati avanzarono, facendo cenno alla dottoressa. Entrarono in una stanza immensa ma buia, la cui unica sorgente luminosa, al centro, era molto fioca. Sul fondo della stanza la dottoressa riuscì a intravedere a fatica quella che sembrava una scrivania, dietro la quale era seduto un uomo. Gomiti sul pianale e mani intrecciate, con la testa l'invitò ad avvicinarsi.

Lei, un po' spiazzata, si guardò intorno per un istante. Nella stanza, per quanto potesse vedere, non sembrava esserci nulla. Le pareti laterali avevano un aspetto strano, di un grigio scuro simile al carbonio. Avanzò a piccoli passi, lanciando un ulteriore sguardo indietro. I soldati erano già risaliti.

Arrivò a un paio di metri dalla scrivania scura. Il pianale era completamente vuoto a eccezione di un piccolo portagioie con all'interno alcune pietre nere. Inoltre non c'era nessuna sedia per accomodarsi, cosicché dovette restare in piedi.

«Può parlare in italiano con me» esordì il Generale, prima ancora che la dottoressa potesse proferire parola «sono stato di stanza a Sigonella per otto anni quando ero ancora un capitano. Credo di ricordare discretamente la vostra lingua.»

Melissa Chilleri si mostrò sorpresa. In effetti la sua pronuncia era quasi perfetta. La penombra esaltava le rughe marcate del Generale, ma la sua espressione denotava la tempra dell'uomo nato per comandare.

«È un onore, Generale *Stamphord*.»

«Non perdiamoci in smancerie, dottoressa» disse sorridendo «l'onore è mio, semmai, nell'avere una mente del suo calibro a disposizione. Mi hanno parlato molto bene del suo lavoro e la sua reportistica è sempre stata

molto puntuale e precisa. Un'altra cosa rispetto al professor Cooper.»
«Il professor Cooper è un grandissimo scienziato, signor Generale» balbettò lei, colta alla sprovvista «non faccia paragoni ingenerosi, la prego.»
«Lo so, lo so che è una mente brillante, ma il suo modo di fare è molto... come dire... selvaggio. Così come le procedure invasive che utilizza nel trattamento dei soggetti. Lei invece, signorina Chilleri, ha sempre avuto quel qualcosa in più. Quando mi hanno presentato i nomi dei neurochirurghi candidati per venire qui dall'Area 51, ho esaminato con attenzione i curriculum e le ricerche di ognuno e ho ravvisato in lei qualcosa di particolare, un acume fuori dalla media. Ha sacrificato tutto per la sua carriera, anche il suo matrimonio, esatto? È proprio il tipo di persona che stimo.»
Un sorriso con una nota di imbarazzo comparve sulla bocca della dottoressa, che non sapeva bene come relazionarsi con il misterioso Generale. Lui la rassicurò, sorridendo a sua volta.
«Molto bene. Sono convinto che sia stato un bene affidarle il soggetto 1055. Abbiamo avuto quattro perdite solo la scorsa settimana... la testardaggine del dottor Cooper non ha prodotto molti risultati finora.»
«Le assicuro, signore» lo interruppe la dottoressa «che l'operazione è di una complessità mai vista. È vero che il microimpianto misura circa mezzo millimetro, ma il rivestimento di nanotubi si lega ai neuroni in una maniera a noi incomprensibile, tale da rendere impossibile asportarlo senza recidere le sinapsi. Nell'Area 51 abbiamo eseguito la procedura otto volte... sei soggetti hanno perso la vita, gli altri due sono in stato catatonico permanente.»
«Non lo metto in dubbio» proseguì il Generale «è circa un anno e mezzo che quasi tutti i soggetti vittime di

abduction verificata e con un microimpianto nel loro corpo vengono portati qui, nell'*Installazione Alpha*. Abbiamo eseguito quasi mille procedure di estrazione. I sopravvissuti sono stati quattordici, e tutti hanno presentato danni irreversibili di varia gravità, tali da rendere impossibile comunicare. Solo il soggetto 1055 presenta facoltà mentali apparentemente nella norma, al di là della sua particolare amnesia. Quindi, dottoressa, so bene di cosa parlo.»
«Non volevo mancarle di rispetto, Signore.»
«Non si preoccupi. Ho scelto lei proprio per il suo approccio, invece che lasciare mano libera al dottor Cooper. L'idea che aveva proposto nella sua relazione, quando chiedevo di affrontare una situazione-tipo come quella del soggetto 1055, mi ha affascinato. Ma non è di questo che voglio parlarle ora...»
Il Generale prese in mano una delle pietre nere dal portagioie sulla scrivania e la rimirò per qualche istante da varie angolazioni. «Lei conosceva già la *Xiniolite* prima di giungere qui, esatto?»
Melissa si schiarì la voce, prendendosi qualche secondo per iniziare l'esposizione al meglio. «Sì... avevo avuto modo di vederne due piccoli frammenti nei laboratori dell'Area 51. I chimici sostenevano che la tavola periodica si aggiornasse solo tramite elementi sintetizzati in laboratorio, giudicavano impossibile trovarne di nuovi in natura. Eppure così è stato. So che ha caratteristiche simili alla magnetite e ho visto personalmente l'effetto che ha sugli addotti in piccole dosi: mal di testa, sangue da naso e orecchie, confusione. Applicai gli elettrodi per studiarne i tracciati cerebrali e sembrava che in qualche modo la pietra interagisse con il microimpianto, facendolo impazzire. L'attività dei neuroni diventava frenetica, collegamenti sinaptici si rompevano e si ricreavano senza

un apparente nesso logico. Il tutto tenendo quella roccia vicino alla testa.»
«Esatto. Ovviamente sa che la base sorge su un giacimento di Xiniolite, per cui gli addotti che vengono portati qui cadono in coma dopo pochi minuti... ne conosce anche l'origine?»
«Me ne aveva accennato il dottor Whilfred, uno degli assistenti del dottor Cooper. Ci troviamo in un cratere formato da un asteroide precipitato circa 300 milioni di anni fa. Il corpo celeste era formato in parte da questo minerale» disse la dottoressa, cercando conferma nello sguardo del Generale «poi il cratere è stato colmato da terra e ghiaccio e la Xiniolite è rimasta sepolta qua sotto, anche se alcuni frammenti dell'asteroide a contatto dell'atmosfera si staccarono, precipitando in altre zone del mondo. Infatti quelli custoditi nell'Area 51 erano stati ritrovati in Cile, a quanto mi dissero.»
Il Generale tacque per qualche istante. «Anche quell'ispettore italiano, Paolo Marchi, ne possedeva un frammento. Comunque, a quanto sembra, non soltanto i microimpianti reagiscono alla Xiniolite.»
«Che cosa intende dire?»
«Ti mostrerò, Melissa» fece Stamphord, dandole del tu «il vero motivo per cui ti ho convocato. Devi sapere che la vecchia base di rilevazione M220, quella che si trova sopra di noi, era un avamposto sismologico. Si studiavano le irregolarità della faglia che originavano parecchi terremoti in questa zona. Dopo alcune rilevazioni tramite onde radio UWB, si scoprì che c'era qualcosa nel sottosuolo, in profondità. Qualcosa di anomalo. Iniziarono gli scavi, sette anni fa, impiegando risorse ingenti, e vennero alla luce due cose incredibili. La prima era questo giacimento di Xiniolite, la seconda...»

La dottoressa rimase stranita a guardare il Generale mentre armeggiava sulla sua scrivania, che si svelò essere uno schermo in vetro touch screen. Digitò un codice e poggiò la sua mano per il riconoscimento delle impronte, poi si sentì un rumore secco. La parete Ovest della grande sala iniziò ad alzarsi, facendo balenare un fascio di luce artificiale nell'oscurità. Melissa sentiva il cuore battere sempre più forte man mano che la figura si mostrava. Quando il tutto divenne visibile, la dottoressa ebbe quasi un mancamento.

Si stagliava di fronte a lei una sconfinata voragine, illuminata da fari a LED sparsi sulle pareti rocciose. Era uno scavo artificiale, ovviamente. Ma la cosa più sconvolgente si trovava in mezzo: una struttura all'apparenza cilindriforme, conficcata di trenta gradi nel terreno, dalle dimensioni impressionanti. La superficie sembrava liscia e ricoperta da una sostanza in tutto simile ai nanotubi che ricoprivano i microimpianti.

«Ma, ma...» balbettò, con la gola secca per l'emozione «questo che cos'è?»

«Questa, Melissa, ha tutto l'aspetto di essere la testimonianza definitiva dell'esistenza di vita intelligente nello spazio. Alcuni pensavano che i microimpianti fossero opera umana, di chissà quale gruppo in possesso di tecnologie avveniristiche... direi che con questo l'ipotesi è definitivamente confutata.»

La dottoressa si avvicinò alle pareti di vetro poggiandovi la mano. Il vetro era estremamente freddo. Riusciva a distinguere in lontananza, grandi come formiche, macchinari e uomini con tute antiradiazioni al lavoro accanto alla struttura, intenti a compiere rilevazioni incomprensibili ai suoi occhi.

«Ha un diametro di circa trecentocinquanta metri. La parte che vedi, quella che abbiamo portato alla luce, misura seicento metri circa di lunghezza, ma la struttura totale dovrebbe raggiungere i tre chilometri. Non ti vengono in mente gli avvistamenti di travi, o sigari, nei cieli?»

«Stupefacente...»

«Gli uomini che ci lavorano sono tutti confinati qui al quarto livello e non possono lasciare la base. Ai piani superiori, l'unico ad aver visto questo spettacolo è il dottor Cooper. Mi sembrava piuttosto risentito quando gli ho comunicato che volevo farne partecipe anche te.»

La dottoressa si girò e osservò sopra la scrivania un ologramma tridimensionale che raffigurava un enorme cilindro dalla struttura uniforme, per poi ritornare con lo sguardo a fissare l'immensa caverna.

«Le pareti esterne sono composte da un reticolato di nanotubi simile a quello che ricopre i microimpianti, te ne sarai accorta. Ogni rottura dei nanotubi porta a una nuova configurazione, a un nuovo legame che rende questa barriera impenetrabile. Lo spessore dell'aggregato di nanotubi è di circa 6 metri. Con il laser siamo riusciti a creare un buco del diametro di 4 centimetri per arrivare fino in fondo, fino alla struttura vera e propria. Abbiamo impiegato quasi due anni. E lì abbiamo potuto constatare che il materiale di composizione del cilindro è identico a quello dei microimpianti. E come i microimpianti, è impenetrabile anche ai laser e alle punte di diamante. Non c'è modo di scalfirlo.»

«Quindi ... è tutto collegato? Cioè...»

Melissa non riusciva a trovare le parole per l'emozione. Anche se aveva già affrontato importanti rivelazioni il giorno in cui aveva visto per la prima volta un microimpianto, quella visione scompaginava del tutto la sua percezione del reale.

«Parrebbe di sì. Secondo le nostre ipotesi, deve essere precipitata tra i 180 e i 190 milioni di anni fa. Il motivo resta insondabile, ma ho il sospetto che c'entri la Xiniolite, in qualche modo. Ancora non sappiamo come operino i microimpianti, se siano dotati di un qualche programma al loro interno che influisce sugli addotti, o siano dei semplici ripetitori in remoto di segnali provenienti dai manovratori. Sappiamo però che la Xiniolite influisce negativamente sul loro funzionamento e trovo quindi logico pensare che questa... astronave, diciamo, sorvolando la zona, abbia subito l'esposizione alla particolare gamma di radiazioni emessa dal minerale. Ma ti ripeto, ci stiamo addentrando nel campo delle ipotesi. I dettagli sono ben lungi dall'essere scoperti e probabilmente non li scopriremo mai.»

«Trovo che sia... magnifica» sospirò la dottoressa estasiata.

Stamphord si alzò dalla scrivania e, a sua volta, prese a osservare l'imponente relitto, tenendosi a qualche metro di distanza da Melissa. «Quando mi hanno affidato questa missione, successivamente alla scoperta del Cilindro» iniziò a raccontare, con lo sguardo fisso su un operatore «i pochi a conoscenza della cosa, cioè alcuni membri dello Stato Maggiore e il Presidente, pretendevano che trovassi un sistema per debellare una possibile invasione. Capisci? Portare gli addotti qui, studiare la Xiniolite e i suoi effetti, i microimpianti e il Missing Time, tutto finalizzato a trovare un'arma per combattere... gli *alieni*, diciamo. E ti dirò, all'inizio ci credevo fermamente. Sentivo sulle spalle il peso della salvezza del mondo, mi ripetevo che si sarebbe potuta scatenare una guerra, prima o poi. Però, più passava il tempo, più io...»

«Cosa, Generale?» chiese la dottoressa, dopo alcuni istanti di silenzio.

L'uomo abbassò la testa e fece un mezzo sorriso. «Tu conosci Sant'Agostino di Ippona, vero?»
«Beh sì, se intende il vescovo del trecento...» rispose stupita.
«Ebbene, si racconta che un giorno» iniziò Stamphord «il Santo passeggiasse sulla spiaggia, immerso nelle sue riflessioni a proposito del tema della Trinità, su cui stava scrivendo un trattato. A un certo punto incontrò un bambino che stava attingendo acqua dal mare con una conchiglia e la versava in una piccola buca nella sabbia. Agostino domandò al fanciullo cosa stesse facendo. "Voglio mettere tutta l'acqua del mare in questa buca" gli rispose il bambino. "Ma non è possibile" replicò Agostino "il mare è così grande e la buca così piccola!" Alché il bambino rispose: "Vescovo Agostino, e come potrai tu, piccola creatura della terra, con la tua limitata intelligenza, comprendere un mistero così alto qual è quello della Santissima Trinità?" Detto ciò, il bambino scomparve. La tradizione vuole che fosse un angelo del Signore.»
Ci furono alcuni secondi di silenzio, in cui la dottoressa cercò di interpretare le enigmatiche sfumature di espressioni sul volto del Generale.
«Non sappiamo nulla di come avvengano le abduction, non sappiamo nulla su chi siano gli alieni e da dove provengano, non abbiamo compreso praticamente nulla della tecnologia dei microimpianti. Prepararci all'eventualità di una guerra? Tra noi e loro non sarebbe guerra più di quanto possa esserlo tra un guerriero Masai armato di lancia e scudo e tutto il nostro esercito. Anche il nostro stare qui a sperimentare... davvero è plausibile credere che ne siano all'oscuro o che basti un po' di Xiniolite a tenerli lontani?»
«Ecco, io...»

«Sai quanto è antico questo Cilindro? Dalla misurazione con i radionuclidi estinti combinata agli isotopi uranio-piombo siamo arrivati a determinare un'età di sette miliardi e duecento milioni di anni. Possiedono una tecnologia del genere da quando il sistema solare non esisteva nemmeno.»

La dottoressa non era certo un tipo impressionabile, eppure ascoltando il discorso del Generale provò un brivido lungo la schiena. Si stava parlando di ordini di grandezze difficilmente parametrabili da un essere umano.

«Ma allora che scopo ha la nostra ricerca? Secondo lei è tutto inutile?»

«Al contrario, Melissa, al contrario. Per questo ti sto facendo questo discorso, come lo feci anni fa al dottor Cooper. Dobbiamo solo cambiare prospettiva. Secondo me ci stanno osservando, stanno giocando con noi. Sacrificano le loro pedine per vedere come ci rapportiamo a loro, cosa siamo in grado di scoprire. Tu hai una grande opportunità, non sprecarla. Osserva...»

Il Generale tornò alla sua scrivania e digitò nuovamente sul pianale touch. Il modello tridimensionale del cilindro ricomparve, stavolta progressivamente ingrandito in un punto sulla parete inferiore. «Vedi qui?» indicò Stamphord «tutta questa parte è ancora interrata, e gli scavi stanno procedendo molto lentamente vista la durezza del terreno... eppure dai nostri rilevamenti è emersa una sorta di microscopica falla, un punto dove la parete di nanotubi non è presente. Presumo sia parte della struttura originaria, è improbabile un'eventualità di danno conseguente all'impatto col suolo, vista la durezza del materiale di cui è composto. E quindi, un'occasione per penetrare al suo interno.»

La dottoressa vide gli occhi del Generale brillare. «In pratica il suo scopo finale è esplorare l'interno del Cilindro?»

«Non semplicemente esplorare, cara Melissa» sentenziò il Generale «io voglio farlo innalzare al cielo. E il giorno in cui ci riuscirò, me lo sento, sarà il momento nel quale loro si manifesteranno.»

Ringraziamenti

La stesura di quest'opera è stata molto travagliata per via dell'evento che ne ha interrotto la prosecuzione per diversi mesi, ossia la scomparsa di mia madre. Non ho intenzione di dilungarmi, quindi mi limito a ringraziare tutti quelli che mi hanno aiutato, che mi sono stati vicino, che mi hanno spronato in questo periodo buio. E prima di tutti, ringrazio te, mamma. Spero di renderti fiera di me, un giorno.

Hai apprezzato quest'opera? Non perderti il secondo volume: La Caccia (Progetto Abduction file 2)

Contatti

-Facebook-
AuthorRiccardoPietrani

-Instagram-
riccardo.money.pietrani

-Email-
Riccardo.pietrani@gmail.com

-Mailing List-
Iscriviti alla mia mailing list per restare sempre aggiornato su nuove uscite e promozioni!

ALTRE OPERE DELL'AUTORE:

-La Zona Extramondo

Stato della Chiesa, 1561
Un capitano di vascello e la sua ciurma, di ritorno da un viaggio nelle Americhe, si sacrificano alle torture dell'Inquisizione pur di tenere nascosto il diario di bordo della spedizione e i suoi sconvolgenti segreti.

USA, dicembre 2012
Kayn Grimm, ex professore di genetica, riceve una telefonata da una misteriosa donna che sostiene di avere informazioni sulla morte del padre, avvenuta molti anni prima in circostanze anomale.

Germania, dicembre 2012
Le vicende di un killer russo, Viktor Zagaev, e del detective sulle sue tracce, Matthias Wichmann, si intrecciano con quelle di una oscura organizzazione alla ricerca di un luogo leggendario che svelerebbe il potenziale nascosto nel DNA umano e il destino dell'intero universo.

-Il Cavaliere Nero

14 giugno 2021
Una tempesta solare di forte intensità mette fuori uso quasi tutti i satelliti. Subito dopo, si diffondono segnalazioni di oggetti non identificati in cielo da varie parti del mondo.

16 giugno 2021
Il 10% circa della popolazione del pianeta viene colpita da una febbre altissima. La febbre dura poche ore e non lascia strascichi. La sua origine è ignota.

18 giugno 2021
Un secondo e imprevisto flare solare colpisce la Terra con una violenza devastante, distruggendo tutte le apparecchiature elettroniche.
È l'inizio della fine.

CPSIA information can be obtained
at www.ICGtesting.com
Printed in the USA
BVHW071337011220
594599BV00003BA/373